Sascha Ehlert

Palo Santo

Sascha Ehlert

PALO SANTO

Roman

claassen

Für meine Familie

»and because of all their tears
their eyes can't hope to see
the beauty that surrounds them
isn't it a pity?«

– George Harrison, *Isn't it a Pity* (Version 1),
All things must pass, 1970

Prolog
West Hollywood

Golo drehte die kleine Kugel aus Zelluloid einmal um die eigene Achse. Während sein Daumen über die Oberfläche des Balls rieb und so ein beruhigendes Geräusch erzeugte, ließ Golo seinen Geist abschweifen. Wie war er hier hingekommen? Sein Blick wurde unscharf und wanderte gen Mond. Der Himmel erschien ihm als eine wabernd unscharfe Tapete. All die Himmelskörper aus Gas und Plasma, die schon sein ganzes Leben lang über seinem Kopf schwebten, als golden hatte er sie noch nie empfunden. Vielleicht hatte er nur nicht in den richtigen Momenten hingeschaut.

Manchmal meditierte Golo darüber, was für ein Wunder es war, dass ihm noch keiner von ihnen auf den Kopf gefallen war. Er dachte an Hedi. Er meinte, ihren Blick auf sich zu spüren, und erfuhr Wärme. Seine Gedanken waren klar. Golo atmete tief ein. Er roch die Washingtonpalmen und die gelben Strelitzien und die Buddha-Feige in seinem Rücken. Dann vergaß er alles, was er vorher gedacht hatte.

Auf dem Gesicht des anderen breitete sich ein großzügiges Lächeln aus. Der mehrere Sekunden lang gehaltene

Blickkontakt mit dem Mann mit der unpolierten Glatze unter der Hahnentritt-Schiebermütze und den runden Brillengläsern holte Golo zurück in den Moment. Der Ball rutschte ihm aus der Hand. Er prallte auf die Tischtennisplatte, ein dumpfes Pong ertönte, und dann hatte Golo ihn wieder im Griff. Er atmete noch einmal ein. Er dachte kurz darüber nach, wie er diesen Matchball in einer perfekten Welt schlagen würde. In einer Welt, in der er eine Begabung für das Spiel hatte. Dann ließ Golo los.

Das Match, das nun an seinen entscheidenden Punkt gelangte, während im Rücken Golos ein Roboter den zu dieser späten Nachtstunde für den Badebetrieb gesperrten Hotelpool reinigte, konnte nur einen einzigen Gewinner haben. Demjenigen, der aus diesem Spiel siegreich hervorging, würde eine unerhörte Chance zuteil. Er würde die Gelegenheit bekommen, und das ist absolut wahr, Geschehenes ungeschehen zu machen.

Zuvor hatten sie beide noch in weißen Liegestühlen gelegen, vor sich die ebenso weiße Seitenwand des Schlosses. Mayla, die für das Schloss arbeitete, hatte ihnen eine Flasche Reposado-Tequila und einen Kübel mit Eis gebracht. Beide hatten in diesem Moment nicht die richtige Formulierung für den Dank gefunden. Weder der Ältere mit dem putzigen Englisch, der vor ein paar Jahrzehnten Amerikaner geworden war, noch der Jüngere, der im Herzen immer ein Berliner bleiben wollte. Und so legte Billy eine Miene auf, die wohl mürrisch sein sollte, Golo aber amüsierte, sodass seinem Mund ein Kichern entfloh.

Als Billy wieder souveränen Zugang zu seinen Worten gefunden hatte, wies er Mayla an, den Agavenschnaps auf sein Zimmer schreiben zu lassen. »Es ist das rechts vom Storage Room der Maid, gleich hinter den Toiletten im Erdgeschoss.« Sie nickte. Billy unterschrieb, hinterließ das großzügigste Trinkgeld seines Lebens, und Mayla verblich in ihrer zeitlos schönen Hotelkluft so diskret, wie sie erschienen war. Und Billy nahm das Heft und die Flasche in die Hand, schenkte ein und sagte: »Also, mein Junge, was wirst du tun, wenn du das wichtigste Spiel in der Geschichte des Tischtennis gewinnst?«

Golo hatte sich in seinem bisherigen Leben nie als sonderlich kompetitiv wahrgenommen. Er wollte kein Gewinner sein – aber noch weniger ein Verlierer. Sich ständig für irgendeinen Sieg anzustrengen, war nichts für ihn. In seiner Kindheit war er ein einziges Mal dem kollektiven nationalen Taumel während einer Fußballweltmeisterschaft verfallen. Eine Woche später hatte die deutsche Nationalmannschaft einige Elfmeter verpatzt und war ausgeschieden. Golo hatte sich abends im Bett seiner damaligen WG so heftig vor sich selbst geekelt, dass es danach endgültig aus gewesen war mit ihm und dem Sport.

Billy erschien ihm auch nicht wie jemand, der Glücksgefühle gewann, indem er andere zu Unterlegenen machte. Im Tischtennis allerdings war er versiert. Dennoch schaffte es Golo immer wieder, Treffer zu landen, die seinen Gegner aufjaulen ließen und ihn selbst zu dem törichten Gedanken brachten, ein unsichtbarer Engel würde den Ball dann und wann anstupsen, um seiner Flugkurve einen überraschenden Drall nach links oder rechts zu geben. Wenn das geschah, hatte Billy keine Chance, seinen Schlägen etwas entgegenzusetzen.

Das Spiel ging in die Satzverlängerung, und der Ältere hatte den ersten Aufschlag. Golos Aufmerksamkeit driftete nur für nur einen Augenblick weg. Er erwischte den eine Millisekunde später auf ihn zusausenden Ball zwar, schlug ihn aber direkt ins Netz. 11 zu 10 und wieder: Aufschlag Billy, der jetzt die Miene eines sicheren Siegers aufsetzte. Golo wiederum hatte sich bereits aufgegeben. Er sprach leise zu sich selbst: »Gib's auf, Golo, du hast einfach kein Glück im Spiel.« Und irrte damit.

Ein paar Sekunden später erwischte Billy seinen Matchball ganz duselig nur mit dem Rand der Kelle. Er flog ins Netz und rollte so langsam zurück zu seinem Absender, als würde er ihn auslachen. Das Momentum war zu Golo hinübergewandert. In seinem Rücken saß unbemerkt, auf einer der Palmen, ein Eichhörnchen und nagte selbstvergessen an einem Weinkorken.

Vielleicht war das Glück heute auf seiner Seite. Und wenn dem so sei, dachte Golo, dann könne er jetzt nur gewinnen. Oder nicht? Er entschuldigte sich, um eben die halb leere Flasche Tequila zu holen. Golo vernahm den Lärm des nahen Sunset Boulevard, auf dem um diese Zeit fast ausschließlich elektronisch motorisierte Ubers auf und ab fuhren. Wie lange war es her, dass Los Angeles, dieser fantastische Bahamut, ihn verschluckt hatte?

Golo nahm einen eiligen Schluck, um der Panik, die in seiner Brust aufstieg, Einhalt zu gebieten. Während ein wenig goldbrauner Agavenschnaps seine Mundwinkel hinunterlief, schaute er zu Billy und fragte: »Möchtest du?«

Den zwölften Punkt machte er genauso schnell wie den elften. Ein perfekter Aufschlag, ein schneller Ball – und ein weiterer Aussetzer auf der gegnerischen Seite. Billy holte aus, sein Schlagarm schnellte zurück – verpasste aber den Ball. Eine gewisse Logik ließ sich dahinter schon erkennen. Es war, als würde seine Schlaghand, oder: der Ball, wirklich von einer Macht gesteuert, die größer war als er selbst. Golo stoppte den törichten Gedanken und wackelte mit dem Kopf, um ihn gänzlich abzuschütteln.

Also: sein Matchball. Der Aufschlag ergab einen leichten Linksdrall, der sich erst auf den letzten Zentimetern entfaltete. Billy erwischte die Kugel dennoch und prügelte sie gerade so über das Netz. In geringem Tempo und mit einer hohen Flugkurve landete die Pille erneut auf Golos Seite, der sich dann, jetzt siegesgewiss, auf die Platte lehnte, um sie von oben herab zurück zu Billy zu schmettern. Der Schlag gelang, doch schickte Billy den Ball in hohem Tempo zu Golo zurück. Jetzt kontrollierte der Gegner die Situation und ließ ihn zwei-, dreimal auf Golo einprasseln. Mit dem vierten Topspin hatte Billy Golo dort, wo er ihn haben wollte. Von der linken Seite der Platte jagte er ihn zur rechten. Sie hatten einander erst kürzlich kennengelernt, und dennoch würde er ihn vermissen. Mit lang ausgestrecktem Arm schaffte es Billys Kelle zum Ball. Er traf ihn auch, aber zu sachte.

Langsam trudelte der Ball Richtung Netz. Aber anstatt nun, wie es Golo längst zu wissen glaubte, im Netz hängen zu bleiben und die Dynamik des Spiels wieder zu Billys Gunsten zu drehen, entschied sich der Ball, das Netz nur zu streifen und direkt dahinter auf Billys Seite zu plumpsen. Dann prallte er in Zeitlupe wieder in die Höhe, während der Regisseur Kopf und Bauch voran auf die Platte hüpfte, um das beigeweiße Zelluloidkügelchen daran zu hindern, ein zweites Mal auf seiner Seite aufzutrumpfen. Leider war Billy aber im Alter ein kleiner Mensch mit einem kleinen ovalen Bäuchlein geworden – und so erwiesen sich seine Arme beim Matchpoint als zu kurz.

Geschlagen verharrte Billy bäuchlings auf der Tischtennisplatte. Golo reckte schüchtern seine Schlaghand in die Luft. Am Horizont kündigte sich die Sonne an. Eine Schopfwachtel wollte ihren Nachwuchs wecken und begann ihr Lied zu singen. Aus weiter Entfernung klang es nach »Chicago, Chicago«.

Erster Akt

Erste Szene

Wilmersdorf

(2027)

Während der gelbe Zug den Bahnhof Nollendorfplatz verließ und in das sandige Gebälk von Golos Geburtsort hineinrollte, begannen die Edibles zu wirken. Hedi hatte sie heimlich aus Los Angeles mitgebracht und dann zu seiner Überraschung hervorgezaubert, als sie in der Austernbar des KaDeWe Lobster Roll und Sekt bestellt hatten. Es gab keinen besonderen Grund zum Feiern, und es war auch gerade erst Mittag. Allerdings hatten sie einen Genussgutschein und den Wunsch, ihre Ferien ein wenig zu verlängern. Der Alltag würde sie früher oder später von ganz allein einholen.

Golo trug heute seinen neuen Hut. Er hatte den Stetson in Los Angeles auf dem Sunset Boulevard in einem kleinen Geschäft gekauft, das ganz wunderbar nach altem Leder und irgendwie harzig gerochen hatte. Golo war jemand, der den richtigen Kleidungsstücken eine große Bedeutung beimaß. Es ging ihm nicht nur darum, gut auszusehen. Er war wirklich der Überzeugung, seine geistige Verfasstheit durch das Tragen ausgewählter Akzente positiv zu beeinflussen.

Hedi war es peinlich, dass ihr Mann hier mit einem Cowboyhut Austern schlürfte. Dass Golo modisch aufgeschlossen war, liebte sie. Und der leicht verwitterte und knittrige Vintage-Stetson aus schwarz gefärbter Wolle mit einer roten und einer blauen Feder hinterm ledernen Hutband war natürlich ein besonderes Stück, das verstand sie schon. Aber man setzte Hüte nun mal beim Betreten eines Lokals ab, und überhaupt fand Hedi, dass sein Kopf zu klein war für das Ding. Aber wie sollte sie das Golo sagen? Er war ja offenbar völlig verschossen in seinen neuen Deckel. Dieses Gefühl würde Hedi ihm nicht nehmen, wohl wissend, dass sein Selbstvertrauen eine besonders zarte Blume war. Sie verdrängte also den Gedanken und kramte stattdessen ein kleines Papiertütchen aus der hinter dem Reißverschluss versteckten Geheimtasche ihrer Jacke hervor.

Golo erkannte gleich die mit Weed versetzten Gummibärchen, die sie das erste Mal probiert hatten, als sie zu zweit unter Palmen und kopulierenden Eichhörnchen auf einer Tischtennisplatte in West Hollywood im Schneidersitz gesessen hatten. Sie hatten damals kaum gesprochen, aber viel gelächelt und gegluckst, während im Hintergrund das ewige Rauschen des Sunset Boulevard an ein gefährliches Draußen gemahnte.

Die Erinnerung an die Leichtigkeit jener Ferien hatte Golo unendlich lieb gewonnen. Einerseits, weil er sich in diesen Minuten oder Stunden auf der Tischtennisplatte als ganz und gar verbunden mit Hedi erkannt hatte. Andererseits, weil er sich für die Dauer seines Highs so intensiv wie nie zuvor als Teil eines großen Ganzen gespürt hatte. Die Gummibärchen, die Eichhörnchen, die Palmen, die Tischtennisplatte, sein Körper. Sie gehörten alle zusammen. Er dachte, so müsse der Himmel sein. Sein altes Dasein, in dem er in schmerzhafter Regelmäßigkeit Attacken der Scham, der Einsamkeit und der Isolation zu überstehen hatte, war Geschichte – so zumindest hatte er es damals in West Hollywood empfunden. Golo war, so glaubte er, endlich nicht mehr allein in der Welt. Als er einen halben Tag später neben Hedi aus einem Traum aufgewacht war, war er so unendlich glücklich gewesen.

Ein Zustand, der nicht lange anhalten konnte – ihr Leben in Deutschland wartete ungeduldig auf sie. Und mit Deutschland kam auch der Durchfall, der Golo in Berlin immer dann heimsuchte, wenn er sich auch nur ansatzweise glutenhaltig ernährte oder Alkohol trank oder wenn er einfach nur einen schlechten Tag hatte.

Immerhin ging es ihm heute ausnahmsweise ausgezeichnet. Am Morgen hatte die Sonne geschienen, Hedi hatte ihn eingeladen, und so saßen sie mit gut gefüllten Bäuchen und beseelt vom Schaumwein nebeneinander in der U4 und hielten einander an den Händen, als ihr Leben aus der scheinbaren Sicherheit herauskatapultiert wurde.

Golo bemerkte, wie sein Zeitgefühl zerlief, sich ein Noise-Cancelling-Filter auf die Welt legte. Er sah Hedi an, die Anstalten machte, aufzustehen. »Warte«, dachte oder sagte Golo: »Viktoria-Luise-Platz!« Hedi war aber bereits aufgesprungen und griff nach seiner Hand. »Natürlich folge ich ihr«, raunte er sich selbst zu. Immer öfter war sich Golo nicht sicher, ob er seine Gedanken tatsächlich mit seinen Lippen zu Worten formte oder ob nur er sie hören konnte.

Dann geschah etwas – in der Sekunde, in der seine und Hedis Füße den Bahnsteig berührten. Golo konnte von einem Moment zum nächsten nicht mehr behaupten, dass er noch er selbst war. Er fühlte, wie sein Herz in seiner Brust schlug. Er legte den Mittelfinger auf seine linke Brustwarze. Er konnte sie unter seinem schwarzen T-Shirt spüren. Sie fühlte sich fest an. Darunter, dachte er, hatte sich ein Druck aufgebaut. Seit Jahren kehrte diese Spannung in seiner Brust immer wieder. Bisher hatten die Ärztinnen und Ärzte, die er dann und wann aufsuchte, ihn jedes Mal weggeschickt. »Komm wieder, wenn du vierzig bist.«

Es roch nach alter Luft. Der Bahnsteig war leer und er empfand das Licht als ungewöhnlich warm. Golo folgte den Beschriftungen, die zurück an die Oberfläche führten. Er schaute nur geradeaus, nach vorne, nicht auf seine Füße, nicht nach hinten, nicht zur Seite. Dann kam das Tageslicht. Berlin ist nicht Los Angeles, aber an einem der späten Wintertage, an dem Helios endlich wieder den Himmel über der Stadt dominiert, war es hier schon aushaltbar. Und Berlin war nun mal seine Geburtsstadt. An sie war er auf eine intuitive Weise gebunden, für die es nicht die passenden Worte gibt, fand Golo. Dann wurde sein Bewusstsein davongespült.

Er kehrte in seinen Körper zurück, als Hedi ihn die Treppen zu ihrer Wohnung hinaufzog. Auf einen Schlag war er wieder da und total high. »Wirkt es bei dir noch nicht?«, fragte er Hedi. Sie fühlte sich zwar etwas leichter, ihr Gang kam ihr selbst federnder vor als sonst, aber ihre Gedanken waren glasklar. Auf dem kurzen Fußweg vom U-Bahn-Ausgang zum Gründerzeithaus, das Golo und sie seit inzwischen bestimmt fünf Jahren bewohnten, hatte sich in ihr ein nagender Selbstzweifel festgesetzt. Jetzt, nach der Rückkehr aus den Ferien, müsste sie beginnen, sich an ein neues Projekt zu wagen. Eigentlich hatte Hedi, seit sie für ihr Studium Berlin zum ersten Mal verlassen hatte, immer eher zu viele als zu wenig Ideen mit sich herumgeschleppt. Erst hatte sie Kurzfilme gedreht, dann zwei achtzigminütige Dokus. Nun war es an der Zeit, dass sie sich an ihren Lebenstraum wagte. Einen Spielfilm, gedreht irgendwo anders, Hauptsache nicht im gruseligen Deutschland, das sie überhaupt nur noch von Berlin aus ertragen konnte.

Auf das Land, in dem sie geboren war, schaute sie mit anschwellender Verachtung. Obwohl sie natürlich wusste, dass düstere Gefühlsregungen niemals eine Lösung waren. Parallel dazu wuchs in ihr die Angst vor einem großen Krieg, den sie dieses Mal nicht, wie bisher, lediglich betroffen und aus der Ferne betrachten würde. Hedi war davon überzeugt, dass der kommende Krieg einer war, der sie auch körperlich anbelangte. Müssten Menschen, die wie sie das bevorstehende Unheil erahnten, nicht jetzt rebellieren, gegen die spaltenden, die hetzenden Fratzen in den sozialen Netzwerken und ihre Pendants in den verbliebenen

Zeitungen? Bevor es zu spät war? Kunst zu schaffen, die die Wirklichkeit hinterfragte und dann genau hinsah, wenn die meisten wegschauten, was sollte das überhaupt? Was konnte es ausrichten, wenn der Zeitgeist dem Krieg entgegenstrebte?

»Und jetzt haben sie auch noch angefangen, einander abzustechen, die Linken und die Rechten. Es wird nicht gut enden, Golo, ich sag es dir.« Hedi war übergangslos von ihren Gedanken in ein Gespräch mit Golo übergegangen, der wiederum bei ihren Worten seinen rasenden Herzschlag spürte. Waren Hedis unheilvolle Befürchtungen oder das kleine Gummitierchen dafür verantwortlich? Welches Tier war es gewesen? Ein Elefant? Ein Dino? Oh Gott! »Hedi, mir geht es nicht gut.«

Golo musste sich hinlegen. Ohne die Jacke und Schuhe auszuziehen, schlich er in das Schlafzimmer. »Ich habe gelesen, dass die Deutschen sich ihre größten Sorgen seit ein paar Monaten nicht mehr um den Zustrom von Geflüchteten machen. Jetzt ist es der Atomkrieg. Und den Leuten hier, wenn diese tief sitzende Lust, sich vor der Apokalypse zu fürchten, erst mal ausbricht, dann ist denen doch alles zuzutrauen.« Hedi hatte die Jacke abgelegt und sich ihre Schlappen angezogen. Sie stand schnurgerade im Türrahmen, während er bereits, alle viere von sich gestreckt, auf dem Bett ruhte. »Hedi, ich hab Angst vor einem Herzinfarkt. Können zu viel Edibles das Herz explodieren lassen?« Er suchte in ihrem Gesicht nach Mitgefühl, aber Hedi war noch nicht fertig. »Ich glaub, nur Filmemachen reicht in so gefährlichen Zeiten nicht. Ich muss, ich weiß nicht, ich glaub, ich muss …« Hedis Augen wurden glasig.

Sie starrte an die Decke, während Golo ihre knubbelige Nase fixierte, die er so liebte. Seine Hände ruhten auf seiner nervös rasenden Brust. »Golo, ich muss etwas machen«, fügte sie hinzu. »Flugblätter verteilen, von Haustür zu Haustür gehen, Menschen dazu bringen, mit mir gemeinsam irgendetwas zu unternehmen. Sonst … ich weiß nicht, wie ich sonst weiter in diesem Land leben soll.« Die vergangenen Jahre hatten Hedi zermürbt, und nicht nur sie.

Große Teile der Gesellschaft hatten sich vom Prinzip Hoffnung abgewandt und auch vom Glauben daran, dass liberale und soziale Werte ihren Interessen nützen. Abgezeichnet hatte sich das bereits vor Jahren. In den vergangenen Monaten jedoch waren wie aus dem Nichts Livestreams aufgetaucht, über die zwei der großen, vorherrschenden faschistoiden Gruppierungen im Land ihre organisierten Massenschlägereien dokumentierten. Man verabredete sich über die handelsüblichen Messenger irgendwo auf neutralem Boden, auf unbestellten Feldern oder zwischen stillgelegten Windkraftanlagen. Hieb- und Stichwaffen waren dabei strikt verboten, zu blutigen Szenen kam es hin und wieder dennoch. Hunderttausende sahen zu, Millionen sprachen am nächsten Tag darüber. Und Hedi verlor den letzten Funken Glauben an die Anständigkeit der Deutschen.

»Was hätte meine Oma nur gemacht? Ich wünschte, ich könnte sie um Rat fragen …« Sofort kullerten Hedi Tränen übers Gesicht. Dann begann sie unkontrolliert zu schluchzen, das hoch konzentrierte THC schien auch in ihrem Blutkreislauf für Unordnung zu sorgen. Als Golo merkte, dass sie von alleine nicht aufhören würde zu weinen, richtete er seinen angstvoll verkrampften Körper auf, nahm Hedi in den Arm und drückte sie eng an sich. Ihre schnell schlagenden Herzen fanden allmählich zu einer gemeinsamen Frequenz. Bald würde das Schlimmste überstanden sein. Zumindest körperlich.

Zweite Szene

Charlottenburg

(1933)

Billie atmete exakt fünfmal ein und fünfmal aus, bevor er allmählich die Schnürsenkel zu lösen begann. Hinter seinem Schädel schien sein Gehirn schmerzhaft zu pochen. Als säße darin ein kleiner Mensch, der mit aller Kraft versuchte, sich mit Hammer und Meißel aus jenem Gefängnis zu befreien. Billie kannte dieses Gefühl erst, seit er nach Berlin gezogen war.

Gestern war er bei einer Buchpremiere von Hans Friedrich Blunck gewesen. Im Helvetischen Café. Gruselig war es dort zugegangen. Als wäre Blunck an sich nicht schaurig genug. Ein Dr. jur. mit einer schwierigen Vergangenheit im Burschenschaftsmilieu und einer ebenso bedrückenden Gegenwart. Blunck hatte in den Zwanzigern mit anderen konservativen Schwachköpfen die völkisch-nationalistische Vereinigung »Die Kogge« gegründet. Billie verabscheute sie alle. Mit denen würde er kein einziges Bier trinken. Er versuchte sich zu entsinnen, warum er nochmal hergekommen war. Richtig, er hatte sich damit beauftragen lassen, auf sechzig Zeilen über diesen literarischen Schund für die Berliner Zeitung zu berichten. Ach, du liebes bisschen!

Vormittags hatte er sich noch eingebläut, gerade als Arbeitsimmigrant müsse er doch wissen, was sich in den Köpfen von Menschenfeinden so zutrug, und dann den Auftrag der Redaktion angenommen. Auch wenn das Jahr 1932 damit ein Ende gefunden hatte, dass die Hitler-Partei ein paar Prozentpunkte weniger für sich hatte vereinnahmen können als zur letzten Wahl, war Billie tagein, tagaus angespannt. Beim Tippen begannen seine Finger zu zittern, ständig ließ er irgendetwas fallen. Er hatte sogar dann und wann das Gefühl, seinen Humor zu verlieren. Nachdem Billie am Neujahrsmorgen in sein Bett gefallen und geradewegs eingeschlafen war, hatten ihn vage düstere Träume von Filmrollen verbrennenden Nationalsozialisten heimgesucht, und er schlug die Zeitung seitdem jeden Morgen mit dröhnenden Stirnschmerzen auf.

Blunck las an diesem Nachmittag im Kaffeehaus aus einer bislang unveröffentlichten Geschichte. An einem Tisch, der auf einem meterhohen Podest stand, thronte der Schriftsteller und deklamierte Sätze über Deutschland. Ein heiliger Ernst in der Sprache wie im Vortrag, den Blunck mit monotoner Grabesstimme auf die Bühne brachte. Zwischendurch ganze vier Schlucke Wasser – Billie hatte mitgezählt. »Die letzten Zeltwagen der geschlagenen Wandalen schwankten über die Höhe des Bergwegs.« Es reichte ihm schon. Diese vergangenheitsseligen Liebhaber von Natur und Volk, diese die Moderne hassenden, gleichzeitig dem grausamen Futurismus der faschistischen Bewegung zugeneigten Deutschen – sie ekelten ihn an. Billie war überzeugter Vertreter der These, dass man böse Geister mit schlechter Moral und Hass im Herzen immer auch an einem falschen ästhetischen Gespür erkannte. Die, in deren Inneren es grässlich aussah, waren nicht dazu in der Lage, etwas Humanistisches, also Schönes herzustellen. Hatte er das so ähnlich nicht bei Goethe gelesen?

Billie stoppte sein Gedankenkarussell. Dieses Rabbit Hole würde ihn an keinen guten Ort führen. Er sah vor seinem inneren Auge: sich selbst. Rum saufend, ungesunde Mengen davon. Dann erschien ihm sein Alter Ego kopfüber über der Wanne im Gemeinschaftsbad am Viktoria-Luise-Platz. Um einer solchen Tragödie vorzubeugen, drehte Billie sich um, stand auf und huschte an der selig dummen Gemeinde vorbei.

Im Augenwinkel entdeckte er ein Grüppchen von Männern in SA-Jacken und mit kristallklarem Blick, die einer Frau hinterherschauten, die dem Ausgang entgegeneilte. Sie trug eine weite Hose aus einem fein fließenden schwarzen Stoff, dazu Absatzstiefel und einen Blazer mit einem aus rotem, blauem und cremefarbenem Wollgarn gestickten Hahnentrittmuster, der ihren Oberkörper zu verschlucken schien. Darunter musste sie zierlich sein, stellte Billie sich vor. Ihr Gesicht sah er nur für einen Augenblick im Fensterglas der Eingangstür. Kastanienbraune, blitzende Augen – dann schleuderte sie das Portal auf, ihre über die Schultern hinausragenden schwarzen Haare flatterten kurz, und schon war sie verschwunden. Billie schluckte, nahm seinen waldgrünen Trenchcoat von der Garderobe und drehte sich nicht noch einmal um.

Dritte Szene
Schöneberg

Hedi und Golo hatten ineinander verkeilt bis in den späten Nachmittag geruht. Als sie aufwachten, war ihnen noch flau, aber ihre Herzen schlugen wieder in normalem Takt. Sie entsorgten die restlichen THC-Gummies, aßen beide eine Scheibe Sanssouci-Brot mit veganem Mett und kehrten dann mit dem Gang ins Wohnzimmer in die Realität der Bildschirme zurück.

Hedi konnte stundenlang durch Instagram scrollen. Eine zweifellos schlechte Angewohnheit, die sie, davon ging sie aus, daran hinderte, schlechtere Gedanken zu hegen. Golo wiederum ging auf Google News, sprang von einer Nachrichtenseite zur nächsten und schaute einen Clip nach dem anderen. Bombenkrater erschienen auf dem Bildschirm. Von Schusswaffen europäischer oder US-amerikanischer Produktion Verwundete in Gaza und Kurdistan, in Äthiopien, in Myanmar, im Sudan, in der Ukraine. Dann der Generalsekretär der Kommunistischen Partei Chinas, lächelnd. Dann der US-Präsident mit seinem weißzahnigen Lächeln.

Ohne dass er einen Zusammenhang herzustellen vermochte, sprang ihm der letzte Besuch bei seiner Großmutter Hilde in den Sinn. Hildes Gehirn war zwar an Alzheimer erkrankt, aber sie durfte weiterhin wählen. Irgendjemand in dem betreuten Wohnprojekt am Berliner Stadtrand, in dem sie nunmehr lebte, hatte sich offenbar darum gekümmert, Briefwahlunterlagen für die Bewohnerinnen zu organisieren. Golo erfuhr davon zu spät. Nämlich erst, als er den ausgefüllten und versiegelten gelben Umschlag in der muckeligen Wohnung seiner Großmutter sah. Am Ende seines Besuches hatte Hilde ihn gebeten, die wichtigen Unterlagen für sie am Ende der Straße, kurz vor der U-Bahn-Station, in den Briefkasten zu werfen. »Das ist doch ein Klacks für dich«, sagte sie, betonte dabei den »Klacks«, und Golos Schultern waren merklich nach unten gesackt.

Er erinnerte sich, wie er zögerlich vor dem Briefkasten stand und schließlich doch den Brief durch den dafür bestimmten Schlitz beförderte – und sogleich begann seine Smart Watch mal wieder engagiert Alarm zu schlagen. Sie piepste gut hörbar, erst einmal, dann zweimal und zeigte auf dem Display: »Warnung, erhöhter Puls.« Golo massierte die eigene Brust dort, wo er sein Herz vermutete. Er lugte zu Hedi hinüber, die nicht registrierte, dass er sie ansah. Ihre blasse Haut hatte einen leichten Handyglow, und ihr Geist erschien ihm unruhig. Vielleicht das Nachbeben der THC-Bärchen. Während sich Golos Blick sorgenvoll verfinsterte, sehnte er sich nach der Sorglosigkeit West Hollywoods. Er seufzte.

Golo erinnerte sich, wie er würgen musste, nachdem der

Wahlbrief in den gelben Kasten geflattert war. Er hatte eine Ahnung davon, wo Hilde ihr Kreuzchen gemacht hatte. Als würde ihn sein Magen-Darm-Trakt dafür verachten, dass er nicht das Richtige getan, nicht den Brief im nächsten Mülleimer entsorgt und diesen dann gleich noch angezündet hatte. Mit seiner wütenden Seite war Golo noch nie ausreichend in Kontakt gewesen. Vielleicht machte ihm seine Verdauung deshalb ständig Probleme. Vielleicht aber, so dachte er sogleich, gab es für zartbesaitete Körper wie seinen in diesen politischen Verhältnissen einfach keinen Platz.

Golos andere Großmutter Christel war vor vier Jahren gestorben. Sie war zwar so wie Oma Hilde als Kind von Nazi-Eltern erzogen worden, aber dann zu einer selbst reflektierten und kritischen Person herangewachsen. Als Oma Christel im betreuten Wohnen gelebt hatte und noch mit ihrem Rollator zwischen Schlaf- und Wohnzimmer umherwandern konnte, hatte sie Hedi und Golo einmal eine Geschichte erzählt. Die Erinnerung daran war Golo irgendwie sehr lieb geworden. Wie verschieden seine beiden Großmütter waren.

In den letzten zwei Jahren ihres Lebens war es mit ihrer körperlichen Gesundheit bergab gegangen. Als Golo und Hedi sie besuchten, war sie gerade wieder einmal eine Zeit lang im Krankenhaus gewesen. Ein milder Schlaganfall hatte sie heimgesucht, und sie war zu Hause auf den kalten Kunststoffboden geklatscht. Golo fürchtete inzwischen bei jedem seiner Besuche, es wäre der letzte. Manche hätten ihn einen Schisser genannt. So selten waren die Besuche bei seiner Oma geworden, obwohl diese ihn in seinem Leben nicht ein einziges Mal enttäuscht hatte.

Hedi vermochte Golo zu beruhigen, als dieser ihr auf dem Hinweg zu ihrem allerletzten Treffen gebeichtet hatte, wie sehr er sich vor der bevorstehenden Begegnung fürchtete. Wieder nahm sie ihm die Last ab und unterhielt sich mit Christel, während Golo stumm an seinem Filterkaffee mit Kondensmilch nippte: »Wie war denn dein Tag bisher? Deine Wohnung ist heute so schön hell.« Christel hatte davon gesprochen, dass sie das Alter als große Belastung empfand. »Ich wache jeden Morgen auf wie ein unbeliebtes Schulkind. Ich weiß, es wird mir nichts Gutes bringen aufzustehen – und trotzdem mach ich's. Obwohl ich doch mit Bestimmtheit sagen kann, dass mir früher oder später wieder jemand ein Pupskissen unter den Stuhl legen wird.« Sie ärgerte sich darüber, dass ihr das Leben so ein in die Länge gezogenes Ende bescherte. Das musste sie nicht sagen, Golo spürte es deutlich. Trotzdem konnte er in ihrem zerbrechlichen Körper noch die Person erkennen, die er liebte. Und obwohl oder vielleicht auch gerade weil ein sich anbahnendes Unheil an diesem lichten Nachmittag bereits im Raum anwesend zu sein schien, lächelten sie alle drei häufiger, als dass sie seufzten.

Von dem einen Moment auf den anderen war Christel ernst geworden: »Letzte Nacht hab ich mich ganz furchtbar gefühlt.« »Warum denn?«, hatte Golo übertrieben entgeistert gefragt. Er wünschte sich noch Jahre später, er wäre an diesem Tag weniger erschöpft und klarer gewesen.

»Ich schlafe sowieso nur noch schlecht.« Irgendwann, als es noch dunkel war, sei sie wach geworden und aufs Tö gegangen. Im Anschluss war sie dann mithilfe ihres Rollators zurück ins Bett gelangt. Seichter Schlaf hatte Christel ummantelt.

Wenig später, es war inzwischen sechs Uhr morgens, hatte eine der Pflegekräfte die Tür zu Christels Wohnung geöffnet, um ihr ein Frühstück vorzubereiten. Im Nu saß Golos Oma schnurgerade im Bett, wie sie erzählte, während sie den Enkel mit ihren trüb gewordenen Augen fixierte.

Ihr Gesicht, das für Golo immer eine kratzbürstige Stärke ausgestrahlt hatte, war zu einem weichen Kindergesicht geworden. »Ich hab erst, als ich dann um zehn Uhr wirklich aufgestanden bin, verstanden, warum ich mich so erschreckt habe.« Sie legte eine Kunstpause ein, ließ ihre Augen in Zeitlupe zu Hedi wandern und sagte dann: »Kannst du dir das vorstellen? Ich hab mich vor der Pflegerin erschreckt. Nicht, weil da jemand war, sondern weil sie dunkle Haut hatte. Das war mir so unendlich peinlich. Ich schaffte es nicht mal, mich bei ihr zu entschuldigen. Und als ich dann später erneut drüber nachdachte, wurde mir etwas bewusst – wie mächtig nämlich Erziehung in das Unterbewusstsein von Kindern einwirkt.« Christel war als junges Mädchen, bevor sie auf der Flucht vor der Roten Armee aus Ostpreußen nach Berlin gekommen war, von ihren Eltern zum Bund Deutscher Mädel geschickt worden.

»U-Bahnhof Viktoria-Luise-Platz«, sagte irgendwo in der Ferne eine digitalisierte Frauenstimme – und Golo schaffte es gerade noch rechtzeitig aus der U-Bahn. Die Erinnerung hatte ihn aufgewühlt. Golo befand sich wieder in seinem betulichen Zuhause, einem Teil Schönebergs mit größtenteils intakter Gründerzeit-Altbau-Architektur und einer überdurchschnittlich hohen Anzahl an Apotheken, Reformhäusern und Osteopathie-Praxen.

Er war im Schutze der im Wind wankenden Lindenbäume heimgeeilt. Zurück zu Hedi. Die vielen Schilder im Viertel, die an die Shoah erinnern, las er trotzdem. So wie jedes Mal, wenn er aus einem anderen Bezirk zurück ins Bayrische Viertel kam. Auf dem, das ihrer Haustür am nächsten war, stand in Helvetica geschrieben: »Juden dürfen nur die gelb markierten Sitzbänke benutzen. – Augenzeugenberichte, 1939«.

Vierte Szene

Charlottenburg

Billie brauchte ein Pick-Me-Up. Er hatte keinen Schimmer, wie viel Zeit vergangen war. Seit er von Wien nach Berlin gezogen war, trug er aus Überzeugung keine Uhr mehr bei sich. Die regelmäßige Vermessung der Zeit stand schließlich seiner Vorstellung von sich selbst als Neu-Berliner Bohemien im Weg. Er spürte, wie es minütlich kälter wurde. Als er das Helvetische Café verlassen hatte, umgab ihn noch die glühende Hitze des Abscheus. Aber jetzt war er dem leidigen, niemals verstummenden Ku'damm-Wind ganz schutzlos ausgeliefert. Seinen Mantel mit beiden Händen fester an sich herandrückend, erreichte Billie die nächste Straßenecke. »Fasanenstraße«, stand auf dem Straßenschild. »Fasanenstraße. Das heißt, wenn ich nach Westen laufe, kommt dann die Uhlandstraße. Sind Egon und ich hier nicht letztens kurz vorm Morgengrauen verendet?«, fragte Billie sich selbst.

Angefangen hatte es damit, dass sie sich im Romanischen Café in einem intensiven Gespräch verloren hatten. Offenbar waren sie ganz aus Raum und Zeit gefallen. Das zumindest hatte der Umstand nahegelegt, dass das Personal bereits den Boden gefegt hatte, als Billie sich kurz aus der Umklammerung durch Egons Augen löste. Eine Kellnerin war zu ihnen an den Tisch getreten. Sie hatte beide, den Jungen wie den vergleichsweise Alten, höflichst gebeten, sich ein anderes Etablissement für ihre trunkene Zweisamkeit zu suchen. So gerne sie die Veröffentlichungen der beiden las, irgendwann müsste auch der kuscheligste Abend enden. Sie könnten ja in ein paar Stunden wiederkommen. »Um fünf is wieder uff«, merkte sie an und vollzog dazu einen leichten Knicks. Sie empfahl den beiden eine Cocktailbar mit einem Barmann, der aus New York geflohen war, um sich hier in Berlin an der zarten Blume Freiheit zu laben. »Uhland Ecke Ku'damm, schafft ihr!«

Sie meisterten die Strecke gerade so. Egon war Billies Berliner Spiritus Rector. Im Trinken wie im Schreiben. Egon, mit seinen drei nahezu identischen in London auf der Saville Row gekauften Anzügen, die er jeden Tag im Wechsel trug, stets mit weißen Oxfordhemden kombiniert und unter völliger Missachtung der allgemeinen Wetterlage. Seine modische Konsequenz bewunderte Billie. Er liebte Egon, so wie man ein Fleisch gewordenes Idol lieben konnte.

Die Cocktailbar war jedoch wider Erwarten bereits geschlossen, und die beiden waren durstig und wankend in unterschiedliche Richtungen auseinandergegangen. Wie hieß die Bar noch mal? Billie konnte sich nur vage erinnern, dass er kein Schild über dem Laden gesehen hatte. Nur eine grünlich glimmende Laterne, die eine profane Eingangstür in ein verheißungsvolles Portal verwandelte.

Nun hatten seine Füße Billie erneut an diesen Ort getragen. Als er gerade Anstalten machte einzutreten, schnellte ihm die Tür entgegen, und er schaffte es, durch einen beherzten Satz nach hinten, gerade noch, eine Beule auf der Stirn abzuwenden. Ein Grüppchen strömte an ihm vorbei. Die Leute nahmen keine Notiz von Billie und erschienen ihm recht aufgepeitscht, wie Hamster in der Nacht. Mit lauten Satzfetzen, die sie mehr in den Nachthimmel hineinriefen als sprachen, entfernte sich die Truppe energischen Schrittes. Ihre Nacht war noch lange nicht vorbei.

Billie verstand ihre energetische Ungeduld. Junge Menschen mussten in diesen Tagen so intensiv leben wie nur möglich. Ihre Welt war dem Untergang geweiht. Demonstrationen, Streiks, Flugblattaktionen und Zeitschriften hatten nichts daran ändern können. Berlin tanzte in den Wahn. Das verstanden selbst jene, die schon seit Jahren in den Rausch flüchteten und von deren Geist nun nicht mehr viel übrig war. »Warum nicht?«, dachte Billie und griff erneut nach dem Türgriff. Diesmal schaffte er es über die Schwelle und betrat wohliges Terrain.

Er brauchte an bacchantischen Orten wie diesem stets ein, zwei Momente, bis sich seine mittelmäßig durchtrainierten Atemorgane an den geringen Sauerstoffgehalt der Luft angeglichen hatten. Dennoch bemerkte er in der ohrenbetäubenden Kakophonie flüsternder, schreiender, gackernder und weinender Vergnügungssüchtiger immer wieder, wie sich etwas in ihm regte. Im Nu vergaß er alles, was er dachte. Zweifellos dachte Billie zu viel.

Er hatte einen freien Platz am Tresen fixiert und näherte sich diesem mit möglichst großen, betont selbstbewussten Schritten. Jede gute Ku'damm-Bar war so sorgfältig zu beschreiten wie ein Salon des baskischen Couturiers Christóbal Balenciaga. Um den Bartresen herum saßen ein paar Dutzend Gleichgesinnte verschiedener Nationalitäten, Geschlechter und Altersgruppen. Durch die Bank exzellent angezogene Tänzer, Akademikerinnen, Gastro-Leute, Tickerinnen, Schauspieler. Eines hatten sie alle gemeinsam: den Wunsch davonzulaufen.

»Na, was willst'n, Süßer?«, fragte ihn Eusébio, der an der Bar arbeitete, seit er vor zwei Jahren in Berlin angekommen war. Er lebte im Gebäude darüber, in einer ausladenden Fünf-Zimmer-Wohnung mit einem guten Dutzend anderer, die so wie er durch die große Stadt drifteten, ohne zu wissen, warum oder wohin. Billie bestellte einen Pick-Me-Up. Eusébio lächelte herzallerliebst, sagte: »Klaro, Boss«, hielt dann aber inne und ergänzte: »Weißte wat? Ick mach dir 'nen Corpse Reviver. Du siehst so aus, als würdest du einen brauchen.« Ohne seine Reaktion abzuwarten, griff Eusébio nach dem Messbecher und einer Gin-Flasche. Billie stand nicht der Sinn nach Widerstand.

Mit mustergültig einstudierten Bewegungen, welche die Grazie eines Tänzers preisgaben, goss Eusébio jeweils 2 cl Genever, Triple Sec und Lillet in den Shaker. Dann halbierte er eine Zitrone, drückte sie mit der Hand aus, gab noch etwas aus einer Flasche hinzu, deren Inhalt Billie nicht identifizieren konnte, und griff abschließend zum Absinth. Das letzte Mal, als er sich der Wermutspirituose hingegeben hatte, war Billie im Treppenhaus direkt vor der Wohnungstür eingeschlafen und erst aufgewacht, als Frau Levinger am frühen Morgen mit ihrem Hund die Treppe auf leisen Pantoffelsohlen heruntergetapst war. Seitdem warf ihm seine besorgte Nachbarin stets mitleidige Blicke zu, die Billie glauben ließen, er habe ein Alkoholproblem.

Als Eusébio das Getränk mit einem saftigen »Prosit« zu Billie herüberschob und dieser den ersten Schluck Corpse Reviver langsam seine Kehle hinunterrinnen ließ, geschah ihm das, was ihm sonst nie an den Kneipentresen Berlins passierte. Er wurde von hinten angesprochen. »Der Herr Journalist«, hob Lilly an und griff dabei nach seiner linken Schulter. Er schluckte die Flüssigkeit zu schnell herunter, spürte kurz, wie sich der Alkohol durch ein Brennen in der Kehle bemerkbar machte, und sah ins Gesicht der Kaffeehaus-Angestellten, die ihn über Umwege hierhergeführt hatte. »Heute ohne Egon unterwegs?«

Lilly hielt eine Flasche Champagner in der Hand, ihr Gesicht schien zu leuchten. Ihr glitzerndes fliederfarbenes Kleid bedeckte ihre Oberschenkel gerade so. »Ich mochte deine Glosse über dieses garstige Stück, ich hab am Frühstückstisch zweimal laut gelacht – und mich dann mit meinen Eltern gestritten.« »Warum?«, fragte Billie. »Ach, Politik. Mit meinem Vater willst du nicht streiten – und die Meinungen meiner Mutter willst du nicht hören. Die Filme, für die du Drehbücher geschrieben hast, war'n aber nich so prall, wenn ich ehrlich bin.« Lilly funkelte ihn an. Billie fand ihre Bewegungen ein wenig kratzbürstig, ihre Stimme und die kurzen haselnussbraunen Haare, die die gleiche Farbe hatten wie ihre Augen, erinnerten ihn an jemanden. Er antwortete: »Wart's ab, wart's ab!«

Als Lilly sich danach erkundigte, was er da trank, ließ er sie probieren. Sie nahm das Glas und schüttete die Flüssigkeit mit Effet restlos in sich hinein. Ein kleiner Tropfen blieb an ihren Mundwinkeln hängen und lief von dort erst ihre Wange und dann die Kehle herunter. Billie folgte mit den Augen schweigend seiner Bahn. Lilly registrierte seinen Blick, wischte den Tropfen weg und schwang ihren Körper dann zum Barmann hinüber. In der Bewegung touchierte sie die angewinkelten Knie des Autors unauffällig. »Eusébio, machste uns noch zwei? Wir hol'n se dann gleich ab.« »Sure thing«, antwortete der. »Billie, komm!«, sagte Lilly. Dann reichte sie ihm die Hand, zog ihn vom Stuhl und geleitete ihn in den hinteren, finsteren Teil der Bar.

Das Geräusch der heraneilenden Untergrundbahn drohte seinen Schädel zum Platzen zu bringen. Billie stierte von seiner Holzbank aus direkt in den Schacht hinein. Noch war der Zug nicht in Sichtweite. Aber gleich würde er kommen und die Finsternis für einen Moment verdrängen. Auch wenn es in ihm dröhnte, war Billie hellwach. Er wusste nicht, wie spät es war, aber er spürte, dass die Sonne bald aufgehen würde. Ob sein Kopf wohl deshalb schmerzte, weil ihm offenbar seine Brille abhandengekommen war? Oder war es doch der Alkohol?

Dann kündigte sich die U1 durch einen kreisrunden, klar konturierten Lichtkegel an. Die Scheinwerfer verdrängten augenblicklich das Dunkel, und dann folgte auch schon ein lautes »Tuuuut«. Billie hörte das Rattern der Waggons, die einer nach dem anderen in den Bahnsteig rauschten. Fuhr der Zug zu schnell, oder spielte ihm seine Wahrnehmung in diesem Augenblick etwas vor? Zu Billies Freude hielt die Bahn so, dass direkt vor ihm ein leerer Wagen auftauchte. Er lebte zwar gern in der Großstadt, aber im Berliner Untergrund blieb er am liebsten allein. Er stieg ein und sank auf eine der Sitzbänke. Als sein Po das Lederpolster berührte und die Reibung ein Quietschen erzeugte, entdeckten seine müden Augen auf der gegenüberliegenden Bank eine Zeitung, die einen Widerwillen in ihm auslöste.

Seine berufliche Situation schien ihm aussichtsreich. Er war sich sicher, in Kürze ein gefragter und außerordentlich gut bezahlter Drehbuchautor zu werden. Dass er daneben immer noch für die Zeitungen der Stadt schrieb, plagte ihn derweil nur noch, wenn er ehrlich zu sich selbst war. Lange hatte er es absolut geliebt, sich einen Reporter schimpfen zu dürfen, wenn ihn jemand in einem Kaffeehaus nach seiner Profession fragte. Inzwischen spürte Billie aber beim Schreiben jeder neuen Glosse, jeder Reportage eine immer weiter anschwellende, ächzende Genervtheit.

All diese verschwendeten Stunden, die er lieber hatte nutzen wollen für die Leinwandgeschichten, für das, was in den Kinosälen erzählt wurde. Dennoch nahm er weiter jeden Auftrag an, der ihm von den Redaktionen offeriert wurde. Er sparte schließlich, er brauchte jede Mark. Jedenfalls würde es noch dauern, bis er zu Bett gehen konnte. Billie hatte höchstens noch ein paar Stunden, um den Text über die Lesung, auf der diese ewig lange Nacht begonnen hatte, abzuschließen – und ihn dann eigenhändig in die Redaktion auf der Friedrichstraße zu tragen.

Er sprach ein »Fuck me« in die Leere des Waggons. Billie hatte vor ein paar Monaten angefangen, sich von jeder Englisch sprechenden Person, die er in Berlin traf, zumindest ein, zwei Worte in dieser Sprache beibringen zu lassen. Letzten Mittwoch, im Hotel Eden gegenüber vom Berliner Aquarium, hatte Billie eine Kundin betreut, die hervorragend zu fluchen vermochte. Brigitte hieß sie. In Berlin geboren, residierte sie inzwischen in Hollywood. Ihr Mann hatte irgendetwas Wichtiges in der Stadt zu tun, »Business«. Genaueres wisse sie selbst nicht. »Mein Gatte redet nicht mit mir«, sagte Brigitte seufzend und fügte einen Ausdruck an, den Billie nicht verstand: »Useless bum. Aber jetzt, quickly my boy, ich mag auf die Tanzfläche. Wie viel verdient man in Ihrem Gewerbe eigentlich die Stunde?«

Billie war es nicht peinlich, dass er seinen Körper für den Vergnügungszugewinn älterer Damen offerierte. Die Zeitungen bezahlten ihn eben, wie er fand, höchstens passabel. Natürlich hätte er sich neuen Bekanntschaften nie als »Billie Wilder, Eintänzer« vorgestellt, aber schämte er sich? Nein, nein. Zumal er als Eintänzer im Hotel Eden die Wochenenden im Dachgarten mit der höchsten Promidichte Berlins verbringen konnte. Jahrzehnte später würde

Billie zu der Erkenntnis gelangen, dass er als Eintänzer Fähigkeiten erlernt hatte, die sich ihm wenig später im Exil als nützlich erwiesen hatten. Zuvorderst war es in Hollywood tatsächlich von Vorteil, mit dem einen oder anderen Tanzstil bekannt zu sein. Insbesondere als Regisseur hatte er so vielen seiner Kollegen etwas voraus, und so was war ja nie verkehrt. Und dann war es auch noch so, dass er, da war seine Berufsbezeichnung etwas irreführend, als Eintänzer ja mehr fürs Rumstehen und Reden denn fürs Schwofen bezahlt wurde. All die gezwungenermaßen begonnenen Gespräche mit einsamen Damen hatten sein Talent auch für niedergeschriebene Dialoge geschärft.

Brigitte jedenfalls war nicht nur eine formidable Trinkerin, sondern auch eine glanzvolle Tänzerin, die sich über jeden verhunzten Schritt echauffierte – ganz gleich, ob sie selbst oder Billie sich einen Fehltritt geleistet hatte. Billie goutierte jede Sekunde des Abends und nahm sich fest vor, diese so lebensvolle wie imposante Person in einem seiner Drehbücher zu verewigen. Als sie zum zweiten Mal in Folge einen der Shimmy-Grundschritte verhunzte, entfloh ihrem Mund ein überdramatisches »Oh, fuck me«.

Als Billie mitten in der Nacht in sein Zimmerchen zurückgekommen war, hatte er also nicht nur neue Reichsmarknoten in der Tasche gehabt, sondern auch sein Englisch-Vokabular um eine Handvoll derber Kraftausdrücke vergrößert: »low-down snake in the grass«, »bozo«, »scoundrel« und eben: the f-word. Billie war davon überzeugt, spätestens in zwei Jahren das Englische so gut zu beherrschen, dass er in dieser Sprache bessere Texte schreiben konnte als die Muttersprachler.

Noch klang das Englisch, das er formulierte, in seinen eigenen Ohren leider genau wie das, was es eben war. Das Englisch eines provinziell veranlagten Österreichers mit polnisch-jüdischen Wurzeln. Dennoch hatte Billie Gefallen an dieser Sprache gefunden. »Das Neue«, dem die Autoren und Journalisten und überhaupt alle, die sich in Berlin der Zunft der Schreibenden verpflichtet hatten, hinterherhetzten, schien ihm in der deutschen Sprache unerreichbar. Besonders im Schreiben für die Leinwand stellte sie sich ihm wieder und wieder in den Weg. Insbesondere die Wiener, allen voran der von ihm still verehrte Joseph Roth, waren zwar tatsächlich in den Zwanzigern in der Lage gewesen, aus der schroffen Härte des Deutschen elegante Sätze herauszuschälen. Billie jedoch war sich sicher, dass sein Schreibtalent für vergleichbare Heldentaten zu mittelmäßig ausgeprägt war. Mal abgesehen davon, dass ein Drehbuch weniger Eleganz und vielmehr eine gewisse Schnörkellosigkeit benötigte. Nein, er brauchte wirklich das Englische, um jene bisher nicht aufgeschriebenen Geschichten zu erzählen, die ihm morgens auf nüchternen Magen und bei klarem Verstand durch den Kopf waberten.

Billie beschloss, noch bevor er am Viktoria-Luise-Platz die U-Bahn verließ, endlich Berlin und Deutschland zu verlassen. Vorher würde er aber noch ein paar Penunzen machen. Billie schloss die Augen und wünschte sich, er könnte das Vergehen der Zeit beschleunigen.

Fünfte Szene

Schöneberg

Golo formte seine Lippen zu einer schmalen Ellipse und presste die Atemluft langsam aus seinem Körper. Manchmal monierte er die asymmetrische Form des Wohnzimmers, in dem er es sich auf einer Fünfzigerjahre-Couch vom Edel-Trödelladen auf der Katzbachstraße gemütlich gemacht hatte, aber derlei Gedanken äußerte er nicht laut. Grundsätzlich war diese Wohnung alles, was er sich erträumt hatte, als er damals sein Elternhaus am Stadtrand verließ, mit dem Vorhaben, ein Jemand zu werden. Einer, der etwas von Wert produzierte.

Seit er nun seine Ziele scheinbar erreicht hatte, fürchtete sich Golo. Mit unausweichlicher Regelmäßigkeit regte sich in ihm die Angst davor, wieder zu verlieren, was er gewonnen hatte. Die relative materielle Sicherheit, in der Hedi und er seit einer Weile lebten, war ihm genauso wenig geheuer wie ihre Liebe. In seinen Zwanzigern hatte er geglaubt, er könne sich dann wirklich entspannen, wenn er genug verdienen würde, um sich eine Wohnung wie diese zu leisten. Er hatte gedacht, Leute, die so leben, die müssten sich sicher fühlen. Warum nur hatte Golo trotz allem immer noch so viel Angst? Und warum fühlte er sich so gelähmt, dass er schon seit Monaten keinen geraden Satz mehr geschrieben hatte?

Sein Blick lag inzwischen auf Hedi, ihre Beine angewinkelt, ihr Oberkörper leicht nach vorne gelehnt, dem Telefon entgegen. Sie betrachtete mit zusammengekniffenen Augen den Bildschirm. Trotz ihrer geistigen Abwesenheit regte sich in Golo etwas, das auch nach einigen Jahren immer dann aufblitzte, wenn er Hedi mit vollem Bewusstsein ansah. Es war eine Mischung aus Ungläubigkeit, Sentimentalität, Anziehung, Ruhe und innerer Entspannung.

Hedi bemerkte Golos Blicke nicht. Ihr Gehirn sprang von Bild zu Text, zu Bild, zu Bild, zu einem weiteren Textfetzen, und ihr ganzes Bewusstsein hüpfte mit. Sie betrachtete Instagram-Aktivist*innen, die einander vorwarfen, auf der falschen Seite der Geschichte zu stehen. Sie wischte weiter. Eine ausgesetzte Hündin, die von einer Tierschutzorganisation aufgelesen wurde. Und dann ein Snippet aus der Rede einer Celebrity, die zu einer Demo gegen Rechts aufrief. Es folgten Memes, Memes und noch mehr Memes, Infografiken über die rasant steigenden Todeszahlen der neuesten kriegerischen Konflikte, viel zu detaillierte Bilder von schwer verletzten Kindern in einem Krankenhaus und immer wieder reißerische Zitate von Politikern, die Wahlkampf mit Hetze machten. Während Hedi, zum Glück, wieder ein entspannendes Video mit Tieren in ihr Blickfeld wischte, ereilte sie eine Erkenntnis. Hedis nun folgende Handlung schien einer inneren Dramaturgie der sicheren und überaus entschlossenen Intuition zu gehorchen. Sie griff ihr Telefon mit der rechten Hand, holte weit aus und warf es quer durch den Raum auf den Chesterfield-Sessel, der seit ihrem und Golos Einzug einen bewussten Stilbruch zur ansonsten minimalistisch-modernen Einrichtung des restlichen Zimmers darbot.

Immer hatte Hedi geglaubt, dass sie mit Golo hier, genau hier, ihre gemeinsamen Kinder großziehen würde. Ihr Leben war in diesem Moment eigentlich genau so, wie es sein sollte. Sie hatte Golo geheiratet, den sie liebte und von dem sie wusste, dass er auch sie liebte. Ihre Wohnung war beinahe schon zu groß und befand sich in einem Haus, in dem andere Familien mit kleinen Kindern und ein paar alleinstehende Rentnerinnen lebten. Einmal im Jahr stellte die Hausgemeinschaft auf den Stufen zum Eingang Kerzen auf. Einmal im Jahr polierten Erwachsene und Kinder gemeinsam sechs Stolpersteine, die in das Kopfsteinpflaster vor dem Haus eingelassen waren.

Hedis Großmutter war einen Tag vor Christel gestorben. Auch wenn es nun mal der natürliche Lauf der Dinge war, dass die Omas und die Opas als Erste aus dem eigenen Leben scheiden, hatte ihr Verlust eine klaffende Wunde in Hedis Herz gerissen. Nicht nur, weil sie ihren Namen trug. Und auch nicht nur deshalb, weil die ältere Hedi ihrer Familie als sanfte Matriarchin immer ihr moralischer Kompass gewesen war. Nie hätte sie ernsthaft begonnen, Golo zu daten, wenn Oma Hedi ihr nicht nach einem kurzen Videotelefonat mit einem nach oben gereckten Daumen ihre Zustimmung signalisiert hätte.

Was hätte ihre Oma ihr nur geraten? Hedi wusste es natürlich. Immerhin hatte ihre Großmutter nicht nur als Chefin eines kleinen Kreuzberger Supermarktes einst die Grundlagen dafür geschaffen, dass ihre Familie heute in relativer Mittelschichtssicherheit lebte. In ihrer zweiten beruflichen Existenz hatte sie auch eine Zeit lang in einem florierenden süddeutschen Automobilwerk am Band geschuftet und dort sowohl die Gründung eines Betriebsrates durchgesetzt als auch einen marxistischen Lesekreis gegründet. Ihre Großmutter mit den sanften Augen und dem runden Mondgesicht. Am Tag vor ihrer Beerdigung hatte es in Strömen geregnet, aber zur Zeremonie selbst, als Hedi schwarze, feuchte Erde in ihr Grab fallen ließ, hatte die Sonne ihr Gesicht erwärmt, und ihre Tränen waren versiegt. Es war eindeutig, wozu ihre Oma sie ermuntern würde.

Hedi schaute Golo an. Er hielt ihren Blick für eine ganze Weile. Hedi fand, er sah furchtsam aus. Ihr gefiel es, dass man Golo stets am Gesicht ablesen konnte, wie er sich fühlte. Diese Form der Durchlässigkeit versetzte sie in eine innere Ruhe und gab ihr vielleicht auch das Gefühl, die Dinge kontrollieren zu können. Sie hatte in ihrem Leben vor Golo nur selten so empfunden. Sein Gesicht gab ihr eine Ahnung davon, dass alles gut werden könnte.

Ohne dass sie sich bewusst dafür entschieden hatte, öffnete sie jetzt ihren Mund und sagte: »Ich will dieses Land verlassen. Wirst du mich begleiten?«

Hedi versuchte, Entschlossenheit in ihren Ausdruck zu legen, obwohl sie spürte, dass ihr schlecht wurde. Ihre Gedankenblitze sprangen in diesem Moment der Eindeutigkeit umso schneller durch ihre Synapsen. Sie probierte, Golos versteinerte Gesichtszüge zu lesen. Seine Augen wurden glasig. »Du weißt: Ich möchte dir überallhin folgen. Also ja, noch mal, ich möchte das. Aber …« Golo war groß darin, seine Sätze nicht einfach zu beenden, sondern ein »Aber« an sie zu hängen. Es gab immer ein »Aber« mit ihm, und das nervte Hedi.

Golo steckte gedanklich gerade woanders fest. »Sag mal, hast du eigentlich meinen Stetson gesehen?« Hedi blickte zum Fenster zum Innenhof, einer augenblicklichen Reaktion ausweichend. Sie blinzelte. Doch, da spazierte wirklich ein Rabe auf und ab. Jetzt sah er Hedi an. »Golo. Siehst du das auch?« Der Vogel verschwand. »Es scheint einen Sturm zu geben, oder? Hast du keine Idee, wo ich meinen Stetson hingelegt haben könnte? Gott. Ich war so high vorhin.« Hedi spürte Wut in sich aufsteigen. »Dein Ernst, Golo? Du redest hier von deinem dämlichen Cowboyhut, in dem du übrigens aussiehst, als ob du dich für die Festspiele in Scheiß-Bad Segeberg herausgeputzt hättest, während ich mit dir über unsere gemeinsame Zukunft nachzudenken versuche?«

Golos Stimme klang auf einmal total weinerlich. »Aber Hedi, natürlich sind mir deine Gefühle wichtig. Ich weiß nicht … Was meinst du damit, Deutschland sei schon immer eine schlechte Idee gewesen?«

»Ich denke einfach nicht, dass die Menschen von hier jemals dazu in der Lage waren, sich wirklich zu ändern. Im Gegenteil. Nach der kurzen Phase der Erziehung streben sie doch langsam, aber sicher wieder dem kollektiven Wahn entgegen. Sag mir nicht, dass du das nicht merkst? Ich will weg. Dahin, wo ich Potenzial sehe.«

»Potenzial? Für was?«

»Na, für Veränderung. Für etwas Neues. Andere Formen des Zusammenlebens. Neulich hab ich in so einem Fashion-Subreddit jemanden kennengelernt, ich glaub, sie hieß Mayla.«

Golo spürte sofort Eifersucht in sich aufsteigen.

»Aha.«

»Was soll denn das, Golo?«

»Was denn?«

»Aha?«

»Jetzt dreh mir doch nicht die Worte im Mund um. Ich wollte nur … erzähl einfach weiter.«

»Jedenfalls ging es in diesem Thread eigentlich um Alexander McQueen, beziehungsweise um die Frage: Kann die Mode jemals wirklich rebellisch sein, oder ist sie zwangsläufig stets eine Komplizin der Macht? Du weißt ja, wie ich dazu stehe. Ganz gleich, wie sehr ich McQueen liebe …«

»Und was sagt diese Mayla dazu?

»Oh, sie hält die Mode genauso wie ich für eine moralisch zutiefst korrumpierte Disziplin – und Designerkleidung trägt sie trotzdem, so wie ich. Natürlich auch nur Vintage. Aber das ist eigentlich überhaupt nicht der Punkt.«

»Was ist denn ›der Punkt‹?«

Golo malte imaginäre Ausrufezeichen in die Luft.

»Also irgendwann begannen wir dann, uns darüber zu unterhalten, wie stark künstlerischer Ausdruck im Allgemeinen überhaupt dazu beitragen kann, die Welt zum Besseren zu verändern. Diese Mayla schrieb, sie glaube, dass Kunst nicht mehr oder weniger könne, als ästhetische und moralische Grundlagen zu liefern, auf die die tatsächliche Rebellion dann aufbauen könne. Also ein passendes Vokabular, ein Aussehen, ein Gefühl, einen State of Mind, wenn man so will.«

»Ich verstehe den Punkt. Aber was hat das mit uns zu tun? Beziehungsweise, ich frag mich, warum du auf einmal auswandern magst, nachdem du mit dieser Person geschrieben hast?«

»Ich glaube, ich muss mehr tun, Golo. Ich liebe es, Filme zu machen, aber irgendwie fühlt es sich auch falsch an, weiter Regie zu führen, mich meines moralischen Kompasses zu versichern, dafür Applaus zu kriegen, etwas Geld zu verdienen. Wenn ich doch weiß, dass gerade etwas getan werden muss, um den kontinentalen Ruin, der dieser Tage hier in Europa von so vielen Seiten, ob passiv oder aktiv, vorbereitet wird, aufzuhalten, wie kann ich dann wieder den deutschen Staat bitten, meine Filme zu finanzieren?«

»Ja, dieser Widerspruch, so alt wie der Kapitalismus selbst. Aber sind es nicht die Widersprüche, in denen die

Hoffnung liegt? Wäre die Kunst nicht sinnlos, wenn sie sich nicht in diese Widersprüche hineinbegäbe? Was willst du machen? Dein so großes Talent links liegen lassen und stattdessen Demos organisieren?«

»Vielleicht.«

Einen Moment lang schwiegen sie beide. Draußen schüttete es inzwischen, ganz in der Nähe grollte der Donner. Während ein Blitz ihr Wohnzimmer erhellte, kam Golo ein Gedanke. »Das Neue ist lebensnotwendig, aber nicht in Aussicht. Ich glaube, Thomas Brasch meinte das mal irgendwo.«

»Ja, eben. Hier in Deutschland ist es nun mal nicht in Aussicht, weil die Deutschen zu gerne Untertanen sind. Vielleicht auch du. Vielleicht hangelst du dich deshalb seit Jahren von Auftragsjob zu Auftragsjob, weil du Angst davor hast, was dabei herauskäme, wenn du wirklich schreiben würdest, was du fühlst.«

»Hedi, ich will jetzt irgendwie nicht über mich sprechen. Was hat diese Mayla dir nun geschrieben?«

»Wir chatten schon seit ein paar Tagen. Sie sagt, dass sie mit einer Gruppe Gleichgesinnter ausgestiegen ist. Sie wollen nicht mehr Teil des Systems sein. Wenn ich sie frage, was das bedeutet, bleibt sie vage. Aus verständlichen Gründen. Was, wenn jemand unseren Chat überwacht? Sie hat aber angedeutet, dass sie bald einen lange gehegten Plan umsetzen wollen – und hat mich dazu eingeladen, ihr zu helfen. Vielleicht könnte ich darüber einen Film drehen? Und dann bringe ich das Material zurück nach Europa, schneide was zusammen und versuche, damit Leute hierzulande zu inspirieren. Ich dachte, vielleicht würdest du mich in meiner Sehnsucht unterstützen, mich verstehen …«

»Wo lebt diese Mayla überhaupt?«

»Los Angeles! Eben. Wir lieben beide Los Angeles, ich weiß, ein Teil von dir fragt sich das auch, wie es wäre, wenn wir dort leben könnten. Dort, wo gleißender Sonnenschein das ganze Leben schöner erscheinen lässt und die Widersprüche am größten sind. Ich mein, das wäre doch auch ein Abenteuer für uns beide, individuell und als das Team, das wir sind. Und wer weiß, vielleicht schaffst du es dann endlich, dich an dein Wilder-Buch zu setzen. Was meinst du, Golo?«

Für einen Moment glaubte Golo, einen Riss im hundertjährigen Mauerwerk ihrer Wohnung zu entdecken. Er sah genauer hin. Eine optische Täuschung, nichts weiter.

Sechste Szene

Schöneberg

Es war beinahe Mitternacht. Draußen jaulte der Wind. Golo spürte sein Herz in der Brust, oder vielmehr: eine Enge, die sich durch seinen gesamten Brustkorb zog. Hedi war vor einer halben Stunde eingeschlafen. Während sie neben ihm langsam in hoffentlich friedliche Träume abgedriftet war, hatte Golo hellwach dagelegen und versucht, sich mit Atemübungen zu beruhigen. Zwecklos. Also probierte er es mit seinen geräuschreduzierenden Kopfhörern und einer Entspannungs-App, die von einer künstlichen Intelligenz geschaffene Klangwelten abspielte. Sie passten sich der Tageszeit und den persönlichen Bedürfnissen an, und das sollte angeblich einerseits beim Lernen und Arbeiten, andererseits beim Einschlafen helfen.

Golo glaubte an die Wirksamkeit der App, obwohl »A. I.« für ihn das war, was langweilige Menschen ein Reizthema nannten. Aber langweilig, das war Golo ja nicht. Zumindest hoffte er das. Aber wenn er an generative Intelligenzen und ihre Schöpfer dachte – diese Art von Menschen, die so sehr an das Heilsversprechen immerwährenden Fortschritts glaubten, die sich so sicher waren, dass die endgültige Abgabe der menschlichen Mündigkeit und Autonomie an gottgleich schlau werdende Maschinen alle unsere Probleme lösen würde –, wurde aus ihm ein fatalistischer Reaktionärer, einer, der die Vergangenheit verklärte und die Zukunft verteufelte. Und dann kam der Selbsthass. Als wollte das Universum ihn in seiner technologiekritischen Ader bestärken, hatte ihn seine schlaue Maschine heute Abend im Stich gelassen.

Während Golos Urin in das Toilettenspülwasser floss, betrachtete er die Duschkabine. Golo war eigentlich ein überzeugter Morgenduscher, dennoch beschloss er jetzt, dass ihm heißes Wasser dabei dienlich sein könnte, seinen Geist zu beruhigen.

Er löste die Spülung aus, zog sich sein Schlaf-T-Shirt über den Kopf und ließ es achtlos auf den Boden fallen, sodass nur noch die Hälfte des großflächigen Text-Prints auf der Brustseite zu sehen war: »accept the fact that life doesn't make sense.« Die babyblaue Schlafhose hing ihm ohnehin nur noch unter den Kniekehlen. Also streifte Golo sie mit den Füßen ab und warf kurz einen Blick in den Spiegel. Seit er vor einem Jahr begonnen hatte, Sport zu machen, begrüßte er zum ersten Mal in seinem Leben das Abbild seines Körpers. Nach mehreren Jahren miserabler Darmgesundheit hatte er erst kürzlich den Alkohol und alle anderen Drogen mit Ausnahme des Tees aus seinem Alltag verbannt, sich eine Yoga-Matte gekauft und nicht eine, sondern gleich mehrere Apps geladen, die ihm bei der Verbesserung des körperlichen und geistigen Wohlbefindens assistieren sollten. Bisher halfen seine erheblichen Lebensentscheidungen mäßig. Immer noch trug er mindestens einmal im Monat eine neue Packung Gaviscon Dual aus der Apotheke nach Hause.

Golo empfand sich als reinlichen Menschen, und so war das Duschen für ihn ein wichtiges Ritual. Eines, das neben der Säuberung seiner Haut auch der Hygiene seiner Seele zuträglich war. Die Enge der Kabine sowie Wasser und Wärme brachten Golo in eine Seelenruhe, durch die er mit sich selbst ins Gespräch kam. Manchmal waren es Ideen für eines der vielen Drehbücher und Romanprojekte, die er parallel plante, ohne jemals wirklich mit ihnen anzufangen. Plötzlich hüpften sie ihm ins Bewusstsein, während er seinen Körper mit seinem Shower Gel einrieb. Die hochpreisige Seife regte seinen Geist mit einer Mischung aus Rosmarinblättern, Sonnenblumenöl und dem waldigen Geruch der Rosmarin-Scheinzypresse an. Das Odeur des Holzes, das die Eliten Japans seit jeher zum Bauen von Palästen, Schreinen und Theatern verwenden, war für Golos zarte Schale gerade gut genug.

In seltenen, aber durchaus regelmäßig auftretenden Fällen wiederum begann Golo unter der Dusche ausführliche Gespräche mit Menschen, die in seinem Leben eine herausragende Rolle spielten. Gespräche, die sich über zwanzig, dreißig Minuten erstrecken konnten und für die deshalb eine erhebliche Menge Wasser zum Einsatz kam. Manchmal besuchte ihn Oma Christel, manchmal Prominente, mit denen er schon immer hatte sprechen wollen. Heute erschien ihm Billy Wilder.

Seine Obsession mit dem US-amerikanisch-jüdischen Regisseur und Drehbuchautor, der mal ein österreichisch-polnisch-jüdischer Journalist gewesen war, hatte ihn kurz nach seiner Rückkehr aus Los Angeles ergriffen. Er vermisste diese Stadt. Oder besser gesagt: Golo vermisste die Idee namens Los Angeles. Ein von Menschen des zwanzigsten Jahrhunderts erdachtes Konstrukt aus importierten Palmen, bis in den Horizont hinein reichenden Avenues und ewigem Sonnenschein. Ein zu Wahrheit gekommenes Klischee, das immerzu neue Träume produzierte. Träume, unter deren gleißender Oberfläche das Abartige lauerte, das war ja ganz klar, und Golo hatte wie jeder in jungen Jahren *Mulholland Drive* gesehen und beim Durchfahren des Laurel Canyon dann David Lynch auch endlich verstanden.

Berlin, seine Heimatstadt, war kein Ort zum Träumen. Sie bildete seine Gegenwart, in der er sich zunehmend unwohler fühlte. Um sich aus dieser wegzudenken, hatte Golo gegoogelt: »best movies about los angeles«. Immer morgens nach dem Aufstehen hatte er sie gesehen, einen nach dem anderen: *Chinatown, Somewhere, The Player,* noch mal *Mulholland Drive, Heat* – und irgendwann auch: *Sunset Boulevard.* Seit Letzterer sich in seine Netzhaut eingebrannt hatte und von dort für immer in seinen Cortex cerebri eingedrungen war, träumte Golo Nacht für Nacht von Gloria Swanson.

Genauer gesagt fand er sich nach dem Einschlafen in der

Rolle der Norma Desmond wieder. Jeden Abend aufs Neue probte Golo in der Sicherheit der Nacht ihren letzten großen Auftritt. Die grazilen Schritte die Wendeltreppe hinab, an den Reportern vorbei, beinahe in Zeitlupe, dann, dies zu meistern fiel ihm besonders schwer, das dramatisch inszenierte Ausschütteln der Arme für die Filmkamera, schließlich der kurze Schlussmonolog, dieses völlige Eingeständnis der eigenen geistigen Umnachtung einer ikonischen Schauspielerin, die aus Furcht vor der Realität zur Mörderin wird. Das grande finale: »Alright Mr. DeMille, I am ready for my close-up.« Und Norma schaut in die Kamera, ihr Gesicht transportiert in einem einzigen Moment eine verrückte Verliebtheit, einen debilen Egozentrismus und gleichzeitig eine völlig verzweifelte Trauer über das Ende der eigenen Geschichte. Der ganze Wahnsinn einer dem Untergang geweihten Weltmacht, eingefasst im Antlitz einer Schauspielerin.

Während Golo nach dem Duschgel-Spender griff, erinnerte er sich an die letzte Nacht, als ihm der Gang die Treppe hinunter nach langer Lernphase endlich in einem einzigen ununterbrochenen Flow gelungen war.

Er hatte in den vergangenen Tagen alle Interviews gelesen, die er hatte finden können. Seine Begeisterung für diesen Mann war auf eine überraschende und plötzliche Weise derart angestiegen, dass er jeden Morgen aufs Neue, bevor Hedi aufwachte, zum Viktoria-Luise-Platz spazierte, um die dort an einem Wohnhaus angebrachte Messingplakette zu lesen: »Hier wohnte von 1927 bis 1928 auch Billy

Wilder, Filmregisseur, 22.06.1906–27.03.2002.« Golo fand, so eine Stimme wie seine, die fehlte heute. Jemand, der die Scheinheiligkeiten und Verfehlungen der Gegenwart in dreisten Einzeilern in ihre Einzelteile zerlegen könnte. Golo wünschte sich, auch nur ansatzweise so prägnante Pointen wie Billy formulieren zu können.

Immer, wenn Golo sich vor der Wilder-Plakette aufgebaut hatte, stellte er sich vor, Hedi und er würden gemeinsam nach Los Angeles gehen. In seiner Vorstellung residierten sie dort zunächst in einem Hotel und kannten die Namen aller Angestellten. Sie lebten von Room Service und von Lucky Charms – und von der Kunst, die sie produzierten. Hedi drehte in Hollywood, Golo saß Morgen für Morgen an einer Schreibmaschine und arbeitete an dem Drehbuch zu einem epischen Drei-Stunden-Biopic über Wilders Leben – Hedi würde Regie führen. An einigen Tagen würde sie Daniel Day-Lewis in ihrer Suite aufsuchen. Er hatte sich dazu bereit erklärt, Wilder in dessen zweiter Lebenshälfte zu spielen. Aber das musste vorerst ihr Geheimnis bleiben, schließlich war Day-Lewis offiziell schon im Ruhestand.

Während er mit einem peelenden Waschhandschuh aus Ziegenhaar und Baumwolle tote Haut von seiner Brust entfernte, hatte Golo plötzlich das Gefühl, er säße mit Wilder am Strand von Santa Monica. Beide hielten in seiner Fantasie eine golden glänzende Dose mexikanischen Pilsners in der Hand. Und so schauten sie aufs Meer. Dann fragte der eine den anderen: »Kann ich dich um Rat bitten?« »Ja, natürlich«, antwortete der andere. Daraufhin Ersterer: »Ich weiß, was zu tun ist, aber ich weiß nicht wie.« Der andere: »Das weiß ich auch nicht. Aber wenn du weißt, was zu tun ist, dann ist das andere auch egal.« »Aber…« »Setz einfach einen Fuß vor den anderen.«

Golo atmete einmal durch die Nase ein und pustete durch den Mund die Luft wieder hinaus, bevor er das Wasser abdrehte. Während er sich dann mit seinem übergroßen roten Handtuch abrubbelte, wusste er, was er jetzt tun würde. Er ließ das Handtuch fallen, zog sich seinen Bademantel über und schlenderte Richtung Wohnzimmer. Eine Spur feuchter Tropfen säumte seinen Weg.

In der Stube angekommen, sah Golo, dass es draußen immer noch regnete und blitzte. Irgendwie fühlte sich dieser Sturm heftiger an als die vorherigen. Oder war es nur er selbst, der sich anders fühlte?

Siebte Szene

Kreuzberg

Er war davon überzeugt, absolut lächerlich auszusehen. Billie schmunzelte und ächzte zugleich. Er konnte nicht von sich behaupten, dass er gerne Koffer trug. Sein kleiner, von Natur aus eher gedrungener Körper war nicht gemacht für strapaziöse Ertüchtigung. Billies Herz schlug heftig, und es erschien ihm seltsam, dass er sich gerade über sich selbst lustig machen konnte.

Er hastete an den Zeitungsverkäuferjungen vorbei. Nein danke, Billie wusste bereits, was auf den Titelseiten geschrieben stand. Er hatte die letzten Wochen so schlecht geschlafen wie lange nicht. Er war also jeden Morgen gegen fünf Uhr morgens aus dem Bett gekippt, dann mit vom Schlafsand verkrusteten Augen in die Küche gewankt, hatte sich ein Glas Wasser eingeschenkt, es in einem Zug hinuntergeschüttet, nachgeschenkt und sich dann das zweite Glas so schwungvoll er konnte ins Gesicht geschleudert. Dann war er zurück in sein Zimmer geschlurft, um sich über seinen auf dem Boden liegenden Koffer zu beugen.

Das Schlafanzug-Oberteil aus Seide hatte er einfach anbehalten. Schließlich waren die purpurroten und weißen Streifen modisch durchaus auf der Höhe der Zeit. Er trug seit einer Weile keine Pyjamahosen mehr und musste deshalb also nur noch seine weiten grauen Wollhosen überstreifen. Er hatte sich noch eben seinen Mantel über die Schultern geworfen und war dann zum Zeitungsverkäufer im U-Bahnhof Viktoria-Luise-Platz geeilt. Dort hatte er sich die *Berliner Zeitung am Mittag* gekauft. Ab und an verfasste er für das eher mittelmäßige Blatt kleine Reportagen oder Porträts.

Erst nach einigen Sekunden hatte er realisiert, was in der Zeitung geschrieben stand. Statt die Treppen zurück zu seinem Zimmerchen zu nehmen, begann Billie ziellos durchs Viertel zu laufen. Noch am selben Tag bot er sein fliederfarbenes Mercedes-Benz SS Cabriolet zum Verkauf an. Der sogenannte Super-Sport befand sich erst ein halbes Jahr in seinem Besitz. Das ideale Vehikel, um von Zeit zu Zeit wie einer, der es geschafft hat, am Strandbad Wannsee vorzufahren. Oder um am Wochenende in Begleitung durchs Berliner Umland zu kurven, in klare Seen zu hüpfen und zu schmecken, wie sich der supercleane Sauerstoff der Schorfheide mit dem synthetisch hergestellten Ottokraftstoff aus den Leunawerken der I. G. Farben vermischt. Ein Käufer mit genug Bargeld war schnell gefunden. Von einem Teil des Erlöses erstand Billie ein One-Way-Ticket to Paris. Ein halbes Jahr eher, als er vorgesehen hatte.

Während er sich in kofferbeschwerter Schieflage den Gleisen näherte, identifizierte Billie mit einem effizienten

Blick den bereits wartenden Zug. Es ist nicht so, als hätte er die Zeit in Berlin nicht genossen. Binnen wenigen Monaten hatte er zahlreiche Bekanntschaften in der großen Kultur- und vergnügungsaffinen Bubble der Stadt gemacht und weit mehr als zuvor in Wien darüber herausgefunden, wer er sein wollte. Oder präziser: welche Art von Künstler er werden wollte. Samuel Wilder aus Galizien, Sohn von Max und Eugenia, der war er mal gewesen.

Billie wusste, wer er sein wollte, seit er als Neuberliner zu einem emsigen Besucher der Lichtspielhäuser am Kurfürstendamm geworden war. Immer dann, wenn in einem der Säle das Licht ausging und der Projektor zu zaubern begann, überkam ihn das pure Gefühl von Glück. Ganz gleich, was gezeigt wurde, und ganz egal, wie sein Tag bisher gewesen war.

Als einmal der Filmmanager Max Galitzenstein in Unterhosen und Socken auf der Suche nach einem Versteck vor seiner Zimmertür aufgetaucht war, hatte er die Chance ergriffen. Im Austausch dafür, dass er diesen wichtigen Mann vor dem Verlobten seiner Zimmernachbarin versteckte, erwirkte Billie, dass Max ihm ein Drehbuch abkaufte. Als der ihn nach seinem Namen fragte und parallel dazu den auf halb acht hängenden Schlüpper nach oben zog, war aus Samuel Billie geworden. Billie Wilder. Der Name barg ein Versprechen.

Galitzenstein bereitete seinem Leben im Jahr 1932 ein Ende. Bis dahin war aus Billie Wilders erstem Drehbuch zwar kein Film geworden, aber das war gar nicht schlimm.

Billie hatte seitdem viel Besseres produziert und hin und wieder lehrreiche Auftragsarbeiten angenommen. Für Erich Kästner hatte er eines von dessen kommerziell absurd erfolgreichen Kinderbüchern für die Leinwand aufbereitet. Dem Vernehmen nach hatte der eitle Herr Kästner Billies Arbeit gering geschätzt, aber der konnte ihm den Buckel runterrutschen. Wenn er wirklich dachte, er könne bessere Drehbücher schreiben, solle er doch. *Emil und die Detektive* bedeutete für Billie zumindest einen großen Scheck und bisher ungekannte Reputation. Ein Jahr nach seiner Premiere wurde der Film, englisch untertitelt, immer noch in London und New York gezeigt. Zwar zweifelten die Kritiker der Zeitungen an Billies Talent, aber der vor der momentan noch vor seiner Haustür geparkte Mercedes sprach eine andere Sprache. Zwölf Jahre später würde das luxuriöse Chassis erneut durch Berlin rollen, nachdem Lew, ein einundzwanzig Jahre alter Oberleutnant der Roten Armee, eine Garage in Wilhelmshagen geöffnet haben würde.

Die Sonne war an einer klitzekleinen Stelle, und nur für eine Minute, durch die dichte Wolkendecke über der Bahnhofshalle gebrochen und erleuchtete so ausgerechnet den Wagen mit der Nummer 3. Hier hatte er sich eingebucht. Am nächsten Morgen würde er in Paris ankommen. Ein Anfang. Sobald Billies Gedanken stattdessen nach Wien wanderten, überkamen ihn paralysierende Emotionen, die sein Herz anschwellen ließen. Seine Mutter … würde sie sicher sein?

Er hatte ja darüber nachgedacht, zurück nach Österreich

zu gehen. Vielleicht hätte er versuchen können, seine Mama dazu zu bewegen, mit ihm heimzugehen, nach Polen. Andererseits: hätte Billie damit ja auch selbst den Rückzug angetreten. Er hätte seine Träume verabschieden müssen. Visionen, in denen Elefanten mit Puder im Rüssel Champagnergläser balancieren und ihm dabei zusehen, wie er auf einer golden erleuchteten Bühne tanzt. Ein Raum voller wunderschöner Menschen mit ihm in ihrer Mitte. Dabei verabscheute Billie Tiere eigentlich zutiefst. Im Mittelpunkt stand er schon gern, Drogen mied er aber eigentlich weitestgehend, und wofür der Elefant stand, das war ihm auch ein Rätsel. Aber ein berühmter Geschichtenerzähler sein, das wollte er zweifelsohne. Das Schreiben von Drehbüchern, das war seine Berufung, dafür brauchte Billie keine Psychoanalyse.

Zur Hölle mit diesem Freud, den er einmal im Auftrag des *Wiener 12-Uhr-Blattes* in seiner Praxis, die zugleich sein Zuhause war, aufgesucht hatte. Nur ein klitzekleines Interview hatte Billie gewollt. Nicht mehr als fünf, sechs Fragen. Als er, von der Assistentin des Herrn im Wartezimmer platziert, die Türe zum Büro aufgehen sah, hatte er einen kurzen Blick auf des Meisters Couch erhaschen können. Warum nur dieser Orientkitsch? Jedenfalls hatte dieser Freud dann wie ein Riese vor ihm gestanden und gesagt: »Mit so einem rede ich nicht!« Dann hatte sich die Tür zu seinem Reich wieder geschlossen. Selbstredend hatte Billie trotzdem eine Glosse über die kurze Begegnung geschrieben.

Er ging direkt zu seinem Abteil, grüßte die Mitreisenden

leise und mit auf den Boden gerichtetem Blick und nahm, so geräuschlos er konnte, eine gemütliche Sitzposition ein. Mit geschlossenen Augen nahm er wahr, wie sich der Schnellverbrennungstriebwagen an der Spitze des Zuges in Bewegung setzte und auf diese Weise seinen Abschied von Berlin besiegelte. Ob er die Stadt vermissen würde? Während er in seinen Gedanken all die guten Kinos und Cafés in Charlottenburg aufzählte, wurde er schläfrig. Als er und die unzähligen anderen, die Deutschland an diesem Tag hinter sich ließen, die Stadtgrenze passierten, war Billie Wilder bereits eingeschlafen.

Zweiter Akt

Erste Szene

Westwood Village

(2027)

Zwei Tage hatte es im Süden Kaliforniens durchgeregnet, und deshalb zwitscherten sie aufgeregt. Wie viele Vogel-Populationen waren wohl den Hades hinuntergeschwommen, seit das letzte Mal über 300 Liter pro Quadratmeter in nur 48 Stunden über der Pueblo de Los Ángeles niedergingen?

An diesem Morgen, mit welchem der von Sonnenschein durchdrungene kalifornische Alltag für die Vögel, Nagetiere und Menschen wiederkehrte, waren viele Gefieder noch vollständig durchnässt. »Aber nicht mehr lange, nicht mehr lange«, riefen Felsentauben, Seetaucher, Sturmvögel und Albatrosse einander zu und erzeugten das schönste vorstellbare Konzert, einzigartig und ewig zugleich.

Hedi lauschte, ins Außen wie in ihr Innerstes. Warum sie just in jenem Moment aufgewacht war, als der lange Fäden ziehende, leise prasselnde und so schöne wie gefährliche Regen aufhörte? Die Sturmschäden, die wenige Tage später von der *Los Angeles Times* bekannt gegeben wurden, bezifferten ein Rekordniveau. Es war gerade mal fünf Uhr.

Hedi hatte ihren Samowar angeschaltet und sich Çay aufgebrüht. Sie hatte ihn nahe ihrer kleinen Wohnung im Zentrum von Tehrangeles gekauft. Während das kochende Wasser behutsam Aromastoffe, Öle, Gerbstoffe und Koffein aus den importierten Teeblättern löste, war Hedi in ihr Schlafzimmer zurückgegangen.

Er lag auf der Seite, beim Ausatmen rasselte sein Atem. Einen Moment lang war Hedi auf der Türschwelle stehen geblieben. Sie hatte das Sonnenlicht zwischen den billigen, nicht ganz blickdichten Vorhängen in dem kleinen Schlafzimmer quellen sehen und dann ihre auf dem Boden verstreuten Klamotten identifiziert. Mit ihrem Blick war sie von Kleidungsstück zu Kleidungsstück gewandert. An ihrem schwarzen BH blieb sie einen Moment lang hängen. Gestern hatte sie ihn zum ersten Mal getragen, seit sie Europa verlassen hatte. Hatte sie ihn aus dem Koffer, aus dem sie seitdem lebte, gegriffen, weil sie ahnte, dass einige Stunden später der nun vor ihr Liegende mit seinen großen Pranken ungelenk wie ein uralt gewordener rheumatischer Kater an dem Vorderverschluss herumnesteln würde?

Als die vergangene Nacht sich langsam zurück in ihr Bewusstsein schob, wurde ihr Puls schneller, ihre Atmung hastiger. Gleichzeitig waren Hedis Wangen zartrosa angelaufen. Sie hatte sich den BH gegriffen, aus ihrem Koffer rote Baumwollsocken hervorgekramt sowie eine Boxershorts, ihre Jeans und ein schwarzes T-Shirt, ihr Schlafzimmer verlassen und dann die Tür langsam und so leise sie konnte hinter sich geschlossen.

Der Flur von Hedis Wohnung war winzig. Sowohl Bad als auch Küche, Schlafzimmer und Eingangstür gingen von ihm ab. Vor der einzigen größeren Wand stand ein Spiegel, der so groß war wie sie. In ihm hatte Hedi ihre haselnussfarbenen Augen, ihren langen Hals, ihre Brüste, ihr Bäuchlein, ihre etwas zu lang geratenen Beine und ihre Füße, Schuhgröße 38,5, betrachtet. Beziehungsweise: Size 6, hatte sie sich korrigiert. Sie hatte an Golo gedacht, während sie sich schnellstmöglich ihre Kleidung anzog. Hedi vermisste ihn und traute sich trotzdem, sanft zu lächeln.

Hedi befand sich vor der letzten Ruhestätte von Marilyn Monroe, hinter schmucklos grauem Marmor, und lauschte dem Konzert der Vögel. Die missverstandene und bisweilen unterschätzte Miss Monroe hatte mit ihrem verfrühten Ableben und der Wahl ihrer Ruhestätte zur erheblichen Aufwertung dieses Friedhofs beigetragen. Und jetzt ruhte sie hier in ihrem Schiebegrab zwischen anderen prominenten und wohlhabenden Körpern.

Ihr Ex-Mann Joe DiMaggio hatte zwei der umliegenden Grabplätze an einen wohlhabenden Geschäftsmann verkauft. Dessen Witwe wiederum verschacherte den blickdichten schmalen Kasten über Marilyn für Millionen an irgendeinen anderen lüsternen Zeitgenossen, der ihr zumindest nach dem Tode nahekommen wollte. Ebenso wie Hugh Hefner, der sich bereits fünfzehn Jahre vor seinem Ableben einen der Plätze neben ihr gesichert hatte. Seine Grabinschrift las Hedi nicht.

Ihr Blick hing stattdessen an den Abdrücken roten Lippenstifts auf Marilyns Steinplatte, während der Vogelgesang vom stetig zunehmenden Rauschen der Automobile auf dem nahen Wilshire Boulevard verschluckt wurde. Der halbstündige Spaziergang hatte die verbliebene Schwere aus Hedis Knochen und Gedanken vertrieben. Warum war sie hinter der CVS-Filiale Westwood Ecke Wellworth nach rechts abgebogen und hier, auf dem Pierce Brothers Westwood Village Memorial Park, gelandet? Hedi wusste es nicht, entschloss sich aber jetzt dennoch, ihren Spaziergang fortzusetzen. In eineinhalb Stunden war sie auf dem UCLA-Campus verabredet, es waren anderthalb Meilen bis dort, und sie wollte sich auf dem Weg noch einen Iced Matchaga kaufen.

So nannte man hier in Los Angeles einen Matcha Latte auf Eis mit Vanillesirup, Mönchsfrucht, Erdbeere sowie einem Blend aus den Pilzsorten Löwenmähne, Chaga und Reishi. Mindestens dreimal die Woche schlürfte Hedi einen halben Liter dieses Getränks, das süß, aber zugleich auch würzig schmeckte und ihr vor allem einen gesunden Geist versprach. Hedi hatte es nicht die geringsten Schwierigkeiten bereitet, sich an die Konsum-Gepflogenheiten der Wellness-fixierten Angelinos anzupassen. Die seit Jahrzehnten andauernde Begeisterung der kreativen Klasse Südkaliforniens für die Kommodifizierung indischer und chinesischer Heilkunde war eins von vielen Argumenten, die sie bereits in der Vergangenheit ans Auswandern hatten denken lassen. Lange bevor ihr klar geworden war, dass die Deutschen sich nie ändern würden, fühlte sie sich von der amerikanischen Esoterik angezogen.

Irgendwann hatte sie die Einsicht ereilt, dass die gedanklichen Wurzeln, die in Deutschland in der ersten Hälfte des zwanzigsten Jahrhunderts wild wucherten, so tief auch in die Substanz, in die Erde eingedrungen waren, dass die Seelen der Menschen immer noch unter ihrem Bann standen.

Der Humus, auf dem Los Angeles errichtet wurde, war ein anderer, Hedi war davon überzeugt. Vielleicht lag es daran, dass der Boden, auf dem sie stand und der von einer saftig grünen Wiese umspannt war, jahrhundertelang nur aus Sand bestanden hatte, also ganz fein war, fast schon sonnenhell und kühl, während die Erde in Deutschland schwer, feucht und dunkelbraun zu sein schien. Zumindest stellte Hedi sich vor, dass es so war.

Los Angeles war bekanntlich ein flirrender, schimmernder Traum des 20. Jahrhunderts gewesen, bevor er begann, aus den Gedanken hinauszuwachsen. Berlin entstand im düsteren Mittelalter deshalb, weil eine Handvoll reisender Kaufleute die Gegend um die Spree als idealen Ort für den Warenhandel auserkor. Die Gemeinde Los Angeles hingegen wurde von vierundvierzig spanischen Missionaren auf dem Land der Tongva gegründet und blieb bis ins späte 19. Jahrhundert als Teil Mexikos nicht mehr als ein ganz und gar unbedeutendes Dorf.

2000 Seelen lebten zu dieser Zeit in der Gemeinde. Vorwiegend arme amerikanische Siedler und chinesische Arbeiter sowie einige wenige mexikanische Großgrundbesitzer. Erst durch die Industrialisierung und den Goldrausch sowie die Erprobung neuer Bewässerungstechnologien wuchs das Dorf um die Jahrhundertwende zur Großstadt an. Sie lockte die europäischen Immigrantinnen und Immigranten, die zu der Zeit in unüberschaubar großen Mengen auf Ellis Island angespült wurden, mit guter Gesundheit, niemals endendem Sonnenschein und weitläufigen Zitrusplantagen. Zumal das Raumkapital unermesslich schien und die Grundstücke deshalb kaum etwas kosteten. Auf diesem vielversprechenden Humus entstand um dieselbe Zeit herum auch die Gemeinde Hollywood, ohne deren Filmindustrie Los Angeles vermutlich nie ein weltweit gültiges Symbol für die Kraft des Träumens geworden wäre.

Dreiundzwanzig Jahre nach der Gründung des Städtchens würde ein gewisser David Wark Griffith Richtung Hollywood reisen. Griffith hatte gerade durch einen Unfall zum ersten Mal Regie geführt – in New York allerdings. Eigentlich stammte er aus Kentucky, wo sein Vater als Oberst der Konföderierten auf dem Schlachtfeld gestorben war, als ein Schrotsplitter durch sein linkes Auge in seinen Schädel eindrang. Das zweite Filmprojekt führte den jungen David an die West Coast. *In Old California* würde der Streifen heißen. Ein Film, der inzwischen längst dem kollektiven Vergessen anheimgefallen ist, obwohl er doch einen historischen Moment markierte – er war der erste Movie »Made in Hollywood«. Griffiths wichtigster Film hingegen bleibt bis heute unvergessen. Nicht nur, weil er aufgrund seiner 180 Minuten Running Time und einer absurden Menge an Statistinnen und Statisten heute als Schlüsselwerk der Filmgeschichte gilt. Der Regisseur wollte ihn *The Clansman* nennen, in die Kinos kam er dann dennoch als *The Birth of a Nation.*

Bereits kurz nach seiner Veröffentlichung des Machwerks würde man Griffith einen Rassisten schimpfen. Verdientermaßen, immerhin glorifizierte er mit seinem Film den 1871 zum ersten Mal aufgelösten Ku-Klux-Klan dermaßen, dass der evangelische Prediger William Joseph Simmons ihn 1915, also in jenem Jahr, in dem *The Birth of a Nation* in die Kinos kam, vom Fleck weg erneut gründete. Zu Thanksgiving versammelte er sich mit all seinen faschistischen Freunden am Stone Mountain. Dort, zu Füßen der in den jahrtausendealten Stein gehauenen Ebenbilder dreier Heiliger aller Südstaaten-Konservativer, zündete er ein hölzernes Kreuz an.

Die NAACP beurteilte den Film, in dem ein Clansman im Stile eines Kreuzritters heroisiert wird und in dem alle Schwarzen Figuren von Weißen mit dunkel geschminkten Gesichtern gespielt werden, sofort nach Erscheinen als »three miles of filth«. Griffith hingegen wollte bis zu seinem Tod nicht begreifen, warum sein größter Film seither als bahnbrechend brutale White-Supremacy-Propaganda gilt. Hollywood, das auch durch Griffiths Beitrag binnen wenigen Jahren zur Filmhauptstadt der Welt heranwuchs, entwickelte sich nichtsdestotrotz schon bald zu einer Hochburg für Menschen, die sich selbst als liberal und progressiv verstanden.

Hedi löste ihren Blick vom in der Ferne unscharf präsenten Hollywood Sign. Einst errichtet, um den Grundstückshandel in den Santa Monica Mountains anzutreiben, thronte es bis heute über dem Beachwood Canyon. Sie kramte ihren Vaporizer aus der Jeanstasche, zog in aller Ruhe zwei Mal am Mundstück und wartete ab, bis sich das Hindu Kush in ihrem Oberkörper ausdehnte. Dann verabschiedete sie sich von den Überresten von Miss Monroe, deren Leben Hedi lange zugleich ein Vorbild und eine Warnung gewesen war. Die schillernde, attraktive Welt der Kunst und der Kultur war trotz aller zur Schau getragenen Werte für Frauen ebenso gefährlich wie die nächtliche Großstadt. Auch oder vielleicht ganz besonders dann, wenn du heller strahlst als all die Männer.

Hedi brachte die restlichen Grabsteine Schritt für Schritt hinter sich, ohne sie eines weiteren Blickes zu würdigen. Ihr blutunterlaufenes Augenpaar fokussierte, was unmittelbar vor ihr lag. Das Familienmausoleum der Hammer-Dynastie ließ sie genauso links liegen wie die Grabsteine persischer Journalisten, Ärztinnen und Filmemacherinnen. Auch das kleine Areal mit Mazewas verharrte im unscharfen Teil ihres Blickfeldes.

Während sie bestimmt ihrem bevorzugten Coffeeshop in der Nachbarschaft entgegenstrebte, verpasste Hedi auch zwei Grabmale, die unter einer ausladend wuchernden Weiß-Esche lagen. Ihre Inschriften hätten Hedi vermutlich interessiert. Eines der Gräber gehörte John Uhler Lemmon III. Sein zart modelliertes Gesicht hatte ihm zeitlebens eine gewisse Harmlosigkeit in der Erscheinung verliehen, die seiner erfolgreichen Karriere durchaus zuträglich gewesen war. Lemmon war im Juni 2001 in die Gemeinschaft der hier Versammelten eingetreten. Blasenkrebs. Die Überreste des Schauspielers lagen unter einem perfekt gemähten, hellgrünen Rasen. Auf seinem Grabstein ruhte eine einzige Rose, darunter stand in Großbuchstaben geschrieben: JACK LEMMON. Und dann in der zweiten Zeile: »in« in kleinen Lettern. Nichts weiter.

Einen Nachbarn hatte Lemmon erst ein Jahr später zugeteilt bekommen. Billy Wilders Grabstein war auf die gleiche schlichte Weise gestaltet. Er war sogar aus demselben braunen Granitblock herausgeschnitten worden. Der große Unterschied zwischen ihnen war die direkt neben dem Stein platzierte Flagge der USA. »Billy Wilder – I'm a writer – but then – nobody's perfect« stand in den Stein geschrieben. Seine Frau Audrey, geborene Young, gestorbene Wilder, war ihm zehn Jahre später gefolgt. Für sie hatte man zwischen Jack und Billy statt eines Grabmals ein Sitzbänkchen aus echtem Marmor platziert. Auf dessen Flanke steht bis heute: »I'm right here Billy«.

Von irgendwoher drang der Klang plätschernden Wassers hinüber und verband sich mit dem vorsichtigen Gesang der Felsentauben und dem immer lauter werdenden Rauschen des Verkehrs. Hedi hatte den Friedhof bereits verlassen. Irgendwie roch es nach Pizzateig.

Zweite Szene
Fairfax

Die Gewitterwolken verzogen sich allmählich hinter dem Erewhon auf dem Santa Monica Boulevard. Golo saß auf einer feuchten Tischtennisplatte und mit seinem Hintern auf dem metallenen Netz, weil er vermeiden wollte, dass sein Po nass würde. Während er die Wolkenformation mit seinem Blick verfolgte, füllte sich der Pan Pacific Park langsam mit Menschen und Hunden. Golos Gedanken hatten sich verknotet.

Er war zuvor, einen halben Liter rosaroten Smoothie in der Hand, durch The Grove spaziert. Das Open-Air-Einkaufszentrum gefiel ihm vor allem deshalb, weil der Parcours der Billion-Dollar-Brands ihn an die Universal Studios in Studio City erinnerte. Und irgendwie, auf eine wirklich absonderliche Art und Weise, auch an die Zürcher Bahnhofstrasse. Die vor zwei Jahren erbauten Gebäude, die überall platzierten Laternen, ein Springbrunnen und die Retro-Tram mit Elektroantrieb, die im Schritttempo zwei Dutzend Kinder und ein paar angestrengte Erwachsende vom einen zum anderen Ende der fünfhundert Meter langen Passage transportierte, sie evozierten für sein Empfinden auf jeden Fall europäische Altstadt-Vibes. Nur eben ohne Patina, ohne dass die Last gelebter Leben auf den Pflastersteinen lag.

Als Golo vor dem lokalen Multiplex zum Stehen gekommen war, um sich über das aktuelle Programm zu informieren, trafen, direkt hintereinander, drei kühle Regentropfen seine bemerkenswert durchschnittliche Nasenspitze. Dies war so unvermittelt geschehen, dass Golo, der gerade zum Trinken angesetzt hatte, sich beinahe seinen Bambusstrohhalm in den Hals gerammt hätte. Innerhalb weniger Sekunden war aus den Kleinigkeiten ein Regenguss und aus dem von leichtem Dunst benetzten Himmel zum zweiten Mal heute ein bedrohliches Dunkelgrau geworden.

Golo hatte sich deshalb schließlich gegen seinen ursprünglichen Impuls entschieden. Dieser hätte ihn dazu verleitet, das Kino zu betreten und sich in den nächstbesten Spielfilm zu setzen. Es wäre der neue von Damien Chazelle gewesen. Der junge Oscar-prämierte Auteur hatte sich nach seinem gescheiterten Old-Hollywood-Epos *Babylon*, einer Box Office Bomb, auf seine Kernkompetenzen zurückbesonnen. Er hatte also endlich wieder ein Werk veröffentlicht, das von allen geliebt wurde. Von der Kritik, der Industrie und auch vom Publikum. Er handelte von einer jungen Schwarzen Frau im Brooklyn der Gegenwart. Als Heroinabhängige schrieb sie in ihren benebelten Träumen feinsten 40er-Jahre-Bebop, weil sie den Opioiden sei Dank mit den Jazz-Legenden von damals in Kontakt treten konnte. Der Soundtrack von Justin Hurwitz sei brillant, erzählte man sich, und Ayo Edebiri würde für ihre so charmante wie abgründige Darstellung der Maude sicherlich einen Oscar bekommen. Golo hatte an Hedi gedacht.

Er konnte diesen Film jetzt nicht sehen. Hedi und er hatten nämlich noch im vergangenen Herbst mindestens ein Dutzend Abende exakt so verbracht: süßes selbst gemachtes Popcorn vor sich, dahinter der Fernseher und einer von Damien Chazelles Filmen darauf laufend, noch mal und noch mal, so lange, bis sie die Dialoge ihrer beiden Lieblingsfilme im englischen Original beinahe fehlerfrei mitsprechen konnten. Sie tranken Corona-Bier, und wenn die Flaschen leer waren, verschränkten sie ihre Hände ineinander. Das von der Filmpresse engagiert geschasste und dann auch an den Kinokassen gescheiterte *Babylon* liebten sie am meisten.

Es gibt zu Beginn von *Babylon* eine Szene, in der Nellie und Manuel, sie eine verarmte Halbwaise, er mexican-american working class, am Rande einer auf sämtliche Zwanzigerjahre-Klischees anspielenden Orgie in einem Raum kommen, in dem überall Drogen herumliegen. Zwischen Kokain und Heroin erkennen die beiden einander als Seelenverwandte, und während ein aus Indien entführter Elefant nebenan in den übertrieben dekadenten Partysaal geführt wird, legt Nellie in einem Hinterzimmer Lines. An diese Szene musste Golo nun denken.

Nellie und Manuel haben einander nur wenige Minuten zuvor kennengelernt. Manuel, der ihr diesen Raum zeigt, um sie zu beeindrucken, möchte kein Kokain. Nellie, die konsumiert, um die tragischen Risse in ihrer beeindruckend schönen und selbstbewussten Fassade zu überspielen, zieht. Manuel scheint sie kaum wahrzunehmen – ihr Geist schwirrt längst nebenan auf der Party umher und sucht den Raum nach machtvollen Filmproduzenten ab. Sie muss so sein, glaubt sie, schließlich will sie Schauspielerin werden – und Manuel, der wird ihr dabei offensichtlich keine große Hilfe sein. Immerhin ist er selbst doch vor allem deshalb hier, weil er sich vorgenommen hat, um jeden Preis an einem Filmset zu arbeiten. Als Manuel versteht, dass er etwas tun muss, um Nellies Aufmerksamkeit zu gewinnen, greift der Schockverliebte sich doch ein kleines Röhrchen und verfrachtet eine überambitioniert große Portion Koks durch die Nasenscheidewand in seinen Blutkreislauf.

Golo lief so schnell er konnte durch den Regen. Er merkte nicht, dass das Wasser bereits knöcheltief auf dem Gehweg stand und seine zehn Jahre alten dunkelbraunen Leder-Loafer bereits völlig durchweicht waren.

Manuel: I always wanted to be on a movie set.
Nellie: Yeah? Tell me why?
Manuel: Why?
Nellie: Yeah, tell me why!
Manuel: Why, eh, I wanna be part of something bigger, I guess … Bigger than this … bigger than my life, bigger than elephant shit, bigger, better, important, something important. Part of something important. Something that lasts, that means something …

Nellie: I LOVE that answer. I wanna go on a movie set, too …

Manuel: Or at least I want to be there, work there, learn there, I don't know. I love watching movies, you know. You're watching a movie …

Nellie: And you escape! You don't have to be in your own shitty life.

Manuel: Exactly.

Nellie: You're in their life.

Manuel: Or wherever …

Nellie: Wherever!

Manuel: You can be a gangster … people dance in movies, people die in movies – and they are not really dead, it's fucking amazing. Literally: kill me.

Nellie: Puff.

Manuel: Nothing happened … for real! And at the same time it's something more important than life! … I don't know. Movies are sad sometimes, movies are fucking happy …

Nellie: We are gonna be on a movie set … we can have lunch together! Just you and me.

Manuel: Yeah, you and me.

Nellie: Yeah … you know: you're not bad looking!

Manuel: Thank you.

Dritte Szene

West Hollywood

(1934)

Billy wollte nicht aufwachen. Er war noch nicht fertig mit diesem Traum. Oder der Traum mit ihm? Er kniff die Augen zusammen und versuchte, die Luft, die er gerade durch seine Nase in seine Lunge gepresst hatte, so genügsam wie möglich entweichen zu lassen. Billy hoffte, dass er so zu der Ruhe zurückfände, die nötig sein würde, um ihn erneut in sein Unterbewusstsein gleiten zu lassen. Der Traum hatte das perfekte Drehbuch beinhaltet. Aber dann. Als er gerade im Inbegriff war, das Grande Finale der Geschichte zu erreichen, in der er gemeinsam mit einer wunderschönen Frau deren Ehemann umbrachte, war ein schüchterner Sonnenstrahl durch die unachtsam zugezogenen Vorhänge geklettert und hatte Billys Gesicht erwärmt. Es war zwecklos. Er war hellwach.

Mit einem Seufzer glitt er von seiner schmalen Pritsche und setzte sich in Unterhosen – im ewigen südkalifornischen Sommer hatten sich Pyjama-Oberteile als unnötig erwiesen – an seinen Schreibtisch. Er griff erst nach seinem Bleistift und dann nach einem Block, den er sich ahnungsvoll kürzlich zugelegt hatte. Es war sein zweiter, seit er in Los Angeles angekommen war. Den ersten, von vorne bis hinten vollgeschriebenen, bewahrte er im Bezug des Kopfkissens auf. In seinem neuen Block hatte Billy bislang nur drei Wörter notiert. Boy meets girl.

Die englische Sprache war essenziell für Billy. Das I und das E hatte er im alten Europa gelassen. Das Y und auch das Schreiben im Amerikanischen waren für ihn unausweichlich, um sich von dem, was er zurückgelassen hatte, auch geistig zu distanzieren. Ganz gleich, dass er sich Tausende von Kilometern von Europa entfernt befand. Ohne das Abwürgen deutscher Worte und somit auch deutscher Gedanken hätte er nie auch nur eine zusammenhängende Seite schreiben können. Und so versuchte Billy, sich dazu zu zwingen, jedweden Text, den er in Los Angeles zu Papier brachte, auf Englisch zu notieren. Würde er hier eigene Filme drehen wollen, musste dies die Sprache seiner Gedanken werden.

Wie viel begrenzter Billys Realität im Gegensatz zu seinem Wunsch war, zeigte sich jetzt, als er seinen Traum, den er nun mal auf Deutsch geträumt hatte, auch in dieser Sprache niederschrieb, hastig, bevor das Erwachen des Geistes die Erinnerung unscharf werden ließ. »Mr Neff geht ins Büro. Mitten in der Nacht. Er hat soeben einen Mord begangen. Nach einer kurzen Interaktion mit dem Liftboy sehen wir ein großes Versicherungsbüro mit Dutzenden Schreibtischen. Unser Held hat allerdings nicht nur einen Schreibtisch, sondern sein eigenes abschließbares Office.

Er steckt sich eine Kippe an. Er schwitzt wie ein Schwein. Dann steckt er eine Wachsplatte in sein Diktiergerät, hält sich den Sprech-Schlauch vor den Mund und sagt: Ich habe Dietrichson getötet. Ich, Walter Neff, Versicherungsverkäufer, fünfunddreißig Jahre alt, unverheiratet, keine sichtbaren Narben – also bis vor Kurzem. Ja, ich habe ihn ermordet – für Geld und für eine Frau.« Dann brach die Mine des Bleistifts, Billy sagte: »Goddammit«, und nahm den Anspitzer zur Hand.

Als er alle verbleibenden Partikel seines Traums auf das Papier gebracht hatte, erschien ihm seine Mutter. Vermutlich war sie schon eine Stunde lang wach, dachte Billy, bevor ihm auffiel, dass er schon seit Wochen in einer anderen Zeitzone lebte als sie. Er stellte sich vor, wie seine Mama gerade vielleicht ein Stück Sachertorte verdrückte. Das tat sie gern nach sechzehn Uhr, bevor es an der Zeit war, das Abendessen vorzubereiten. Ein Verlängerter mit etwas Zucker und eine Süßspeise dazu gaben ihr Energie für das letzte Kapitel eines arbeitsreichen Tages.

Billy war froh, dass Wien so weit weg von Berlin lag. Dort würde es in den kommenden Jahren hässlich werden. Aber in Wien, da würde es, da müsste es schon gehen. Er hoffte, dass seine Mutter inzwischen einen sauberen Kerl, nicht so einen Strizzi, gefunden hatte. Auch wenn sein Vater nicht der Angenehmste gewesen war, seine Mama hatte das immer anders gesehen.

Der Tag, an dem Billy aus Wien nach Berlin reisen musste, um ihr die Nachricht zu überbringen, dass Papa Wilder beim Besuch des Sohnemanns im wilden Berlin durch einen Herzinfarkt ums Leben gekommen war, war der bisher schlimmste seines Lebens gewesen. Sicher, auch jener Mittwoch, an dem er seinen kurz nach Mittag einfach umgefallenen Vater in der Leichenhalle identifizieren sollte, hatte ihn hin und wieder in Albträumen heimgesucht. Aber mit dem Tod konnte Billy im Prinzip gut umgehen, das hatte er damals gemerkt. Seiner geliebten Mutter traurige Nachrichten überbringen zu müssen hingegen, das hatte ihm das Herz gebrochen.

Nur seiner Mutter wegen war er hier gelandet. Ja, genau. Für seine Mutter waren die Vereinigten Staaten von Amerika immer ein Sehnsuchtsort gewesen. Sie hatte in ihm den Wunsch keimen lassen, irgendwann auch einer zu werden, also ein Amerikaner. Wie gern er sie herholen würde. Aber seine Mom war, so behauptete sie zumindest, glücklich damit, ihren Traum schüchternes Wunschdenken bleiben zu lassen. Die Vorstellung, dass Menschen tatsächlich ihre Hirngespinste in echt leben können, lag ihr fern. Sie liebte die USA, aber niemals würde sie auf die Idee kommen, dass der amerikanische Traum vielleicht auch für sie bestimmt war. Und so musste Billy also, wohl oder übel, die Verantwortung dafür übernehmen, nicht nur seine, sondern auch die kühnen Fantasien seiner Mutter Wirklichkeit werden zu lassen.

Billy musste jetzt endlich in die Gänge kommen. In Hollywood Fuß fassen, Geld verdienen. Wenn er genug davon hatte, würde er seine Mutter auf eine Kreuzfahrt einladen, ihre Koffer verschiffen, sie in New York von Bord holen und sie dann einfach nicht mehr gehen lassen. Selbstredend wollte er von dem vielen Geld, das er plante zu verdienen, auch selbst etwas ausgeben. Den Verlockungen des der Großen Depression just entkommenen Kapitalismus gegenüber war er durchaus positiv eingestellt.

Billy hatte sich selbst immer als einen einfach gestrickten Charakter verstanden. Wien hatte ihn dazu erzogen. Alle, die er dort kennengelernt hatte, waren darauf aus, große Leute zu werden, die Männer wie die Frauen. Jemand Schönes, Vorzeigbares an der Seite, ein paar Luxusgüter, viel Sonne, eine schicke Sonnenbrille, Hemden, Hüte, Bauhaus-Möbel. Dann wäre das Leben perfekt, dachte Billy. Er wusste, er würde das, jetzt, wo er in Los Angeles eine vorerst feste Bleibe gefunden hatte, bald schaffen. Selbstbewusst war er, das wusste er auch. In Berlin, da hatte es vielleicht zwei, drei Autoren gegeben, die so witzige Dialoge schreiben konnten wie er. Er war jedoch realistisch genug zu wissen, dass sein Englisch immer noch medioker war, keines der großen Studios würde ihn anstellen. Wie ließ sich das ändern – und zwar schnell? Vielleicht sollte er erst einmal einen Kaffee trinken.

Billy zog sich ein kurzärmeliges weißes Hemd über. Das hatte er in der ersten Woche nach seiner Ankunft auf dem Hollywood Boulevard ergattert. Dann griff er nach seiner beigefarbenen Chino. Dazu schwarze Loafers. Billy stand schon auf der Türschwelle, als er entschied, dass er doch noch nicht ready war. Sein Hut, ein elegantes braunes Stück aus australischer Schurwolle mit schmaler Krempe. Er hatte ihn in Paris gekauft, und ohne ihn verließ Billy so gut wie nie sein provisorisches Zimmer im Chateau. In dem würde er wohnen bleiben, bis ihm die Filmstudios sein erstes Haus mit Pool finanzierten. Jetzt gänzlich mit sich und seinem neuen Selbst zufrieden, öffnete Billy die Tür und stolperte in Becky hinein.

Becky konnte Billy gut leiden, seit der vor zwei Monaten ins Chateau gezogen war. Ihr tat es ein bisschen leid, dass der Berliner in diesem dunklen Zimmerchen schlafen musste. Man hatte es für ihn eigens von einem Lagerraum in eine Übernachtungsstätte umgewandelt. Als das Chateau Ende der Zwanziger bezugsfertig war, wurde der Raum dann eine Zeit lang als Umkleide für die Angestellten genutzt. Es hatte ein kleines Bad, und dieses verfügte sogar über ein Fenster, allerdings drang trotzdem nur wenig Tageslicht hinein. All die anderen Immigrierten aus Europa, die in den vergangenen Monaten hier eincheckten, lebten luxuriöser als Billy.

Becky mochte ihn dennoch lieber als die meisten. Er legte, wie sie fand, die richtige Mischung aus Schüchternheit und Überheblichkeit an den Tag. Eigentlich das perfekte formbare Rohmaterial für Hollywood. Er war witzig und sein Englisch putzig. Becky, die seit neun Monaten im Chateau arbeitete, hielt Billy für einen überaus attraktiven Mann, auch wenn sie beschlossen hatte, ihn das nicht spüren zu lassen. Diskretion und Professionalität waren ihr wichtige Säulen.

Ihr Job an der Rezeption des Hotels war stets nur als Zwischenstopp gedacht gewesen. Becky wollte bei Paramount in der Stoffentwicklung arbeiten, Tonfilme produzieren, vielleicht auch die Kalkulationen aufstellen. Eigentlich war es ihr egal, was sie tat, solange sie für einen ihrer drei Lieblingsregisseure tätig werden durfte. Cecil B. DeMille, Josef von Sternberg und Rouben Mamoulian arbeiteten alle einen Steinwurf vom Chateau entfernt zwischen Melrose Avenue und Hollywood Forever Cemetery, also auf dem Paramount Lot.

Der Anwalt Fred Horowitz hatte das Chateau während der Great Depression an den im Nebenberuf als Magier tätigen Filmproduzenten Albert E. Smith verkauft. Smith liebte es, dass das damalige Apartmenthaus als tacky Nachbau eines Schlosses im Loiretal gemeint war – gerade weil er selbst Frankreich noch nie gesehen hatte. Kurz nach dem Erwerb ließ er die Apartments in Suiten und Zimmer umbauen. Zu dieser Zeit war auch Becky erstmals auf das Chateau Marmont aufmerksam geworden. Eine ihrer Liebhaberinnen hatte ihr erzählt, dass Ann Little gerade als Managerin eines Hotels auf dem Sunset Boulevard angeheuert hatte.

»Ann Little«? Bei dem Namen war Becky hellhörig geworden. War es etwa dieselbe Ann Little, die in den 1910er-Jahren in den Westernfilmen immer wieder als »Indianerin« zu sehen gewesen war? In der Pionierzeit des Stummfilms, in der Becky sich in den ersten Kinosälen Chicagos lebenslang in die Leinwand und den materialistischen

Möglichkeitsraum, der sich in ihr verbarg, verliebt hatte? Es musste sie sein.

Ann Little als Red Feather war Beckys erste aus der Lust geborene Liebe gewesen. Nie wieder konnte sie das zarte runde Gesicht vergessen, die übertrieben langen schwarzen Haare und die sanften braunen Augen der sogenannten »Indianerprinzessin« auf den Leinwänden ihrer Heimatstadt. Dass Anns Ahnen sämtlich aus britischen Familien stammten und ihre einzige Verbindung zur indigenen Bevölkerung Kaliforniens ihr Geburtsort war, also Siskiyou County, California, wusste kaum jemand, und damals interessierte sich auch niemand dafür. Nicht einmal Becky.

Immer, wenn sie Ann sah, wurde ihr warm – und während sie einmal von ihrer Mutter vermöbelt wurde, weil Becky sich, während sie im Dunkeln des Kinos saß, an einer unsittlichen Stelle zu berühren begonnen hatte, hatte sie dann auch verstanden, warum.

Es war also vielleicht das Schicksal gewesen, das an Beckys Tür klopfte, als sie nackt neben einer Namenlosen lag und sich dazu entschloss, ebenfalls ins Hotelwesen einzusteigen. Ann war eine großzügige Chefin gewesen. Schnell wurde aus Lust aufrechte Bewunderung für diese Person, die, so dachte Becky Jahrzehnte später, den eigentlichen Grund dafür darstellte, dass nach dem Zweiten Weltkrieg aus dem Chateau ein wahrhaft zauberhafter Ort wurde.

»Oh, Becky, sorry.«

»Ach, machen Sie sich keine Sorgen, Mr Wilder. Wie stets ums Schreiben?«

»Wenn es nicht schlecht ist, dann ist es gut!«

»Sorry, wie bitte?«

»Ich sagte nur gerade auf Deutsch, dass es recht gut vorangeht. Ich brauch auf jeden Fall Kaffee, bevor ich dir mehr darüber sagen kann. Was gibt's Neues??«

»Gestern haben die Zweigs in eine von den großen Suiten mit den opulenten Dachterrassen eingecheckt.«

Billy atmete gut hörbar durch die Nase ein. Er war offenbar nicht der einzige Wiener hier. Die Zweigs also.

Das Chateau ließ ihn an Schauplätze denken, an die es ihn in seiner kleinkünstlerischen Existenz bisher nicht verschlagen hatte. An alten europäischen Adel und dessen Talent dafür, ein Zuhause so einzurichten, dass es so schien, als hätte es bereits mehrere Jahrhunderte überdauert. An Orte also, an denen die Zeit tatsächlich stillzustehen vermag. Obwohl eigentlich, streng genommen, alles am Chateau Illusionskunst war. Nie während der Dauer seines Aufenthalts und auch dann nicht, wenn er in späteren Jahrzehnten herkommen sollte, beschäftigte er sich hier mit dem, was in der Zeitung geschrieben stand. Die Welt verschwand unweigerlich, sobald er eines seiner Cabriolets in der Garage am Fuße der Marmont Lane bei Julio abgegeben hatte.

Auch wenn er mit dem präzisen Ziel nach Hollywood gegangen war, ein wahrhaft amerikanischer Filmemacher zu werden, fühlte er sich, wenn er hier in seinem Zimmer schrieb oder in der Lobby trank oder im Pool kraulte oder mit den anderen hier Gestrandeten zu einem Tischtennisturnier zusammenkam, als wäre er nicht einmal in den Vereinigten Staaten von Amerika. Ignorant war das, ja, aber er fand: Nach seiner Zeit in Berlin, nach allem, was er dort gesehen und gehört hatte, was ihn dort auch in seinen Träumen nicht losgelassen hatte, hatte er sich diesen Frieden verdient. Und außerdem waren seine Ideen hier besser. Früher oder später würde Billy ein paar Meilen vom Chateau, auf einem der Studio Lots, seinen ersten eigenen Hollywoodfilm drehen. Ganz bestimmt. Als Drehbuchautor Auftragswerke für eins der großen Studios zu verfassen, das würde ihm auf kurz oder lang nicht genügen.

Becky war herzallerliebst. Er mochte, dass die kurz geschorenen schwarzen Haare ihre haselnussbraunen Augen akzentuierten. Jedoch: Was er jetzt brauchte, war tiefschwarzer Kaffee. »Becky, Amore, good luck!« Billy vollzog das erste Lächeln des Tages. An die Fähigkeit der Menschen in Los Angeles, einander ganz gleich zu welcher Tageszeit leicht debil und maximal liebenswürdig anzugrinsen, als wären sie Golden Retriever, musste er sich noch gewöhnen. Es war nicht so, als fände er irgendwas an dieser optimistischen Haltung verkehrt. Billy war nur nicht von Haus aus gut darin.

Im fensterlosen Treppenhaus des Chateaus vergaß er zeitweise, dass in Los Angeles zwischen April und November jeden Tag bis zu zwölf Stunden lang die Sonne schien. Es wurde von zwei Gaslampen spärlich beleuchtet und duftete nach Rum und Zigaretten. Die schweren Teppiche, die ihn zum Ausgang führten, schluckten ihr Licht fast zur Gänze. Immer, wenn Billy die letzte Stufe erreichte, nach dem Geländer griff und sich dann mittels einer 180-Grad-Drehung zur Außenwelt herumschwang, fühlte er sich, als wäre er selbst ein Filmstar, obwohl ihn diese Art von Dasein eigentlich nicht im Geringsten interessierte. Also nicht wirklich.

Licht flutete sein Sichtfeld. Er ging ein paar Schritte weiter, an jeweils zwei links und rechts drapierten Goldfruchtpalmen vorbei, dann gelangte er, ohne durch eine Tür treten zu müssen, ins Äußere der Anlage. Kurz überlegte er, zu schauen, wer sich an diesem Morgen am Pool tummelte. Er entschied sich dann aber doch für den alltäglich mindestens einmal, meistens zweimal angetretenen Gang zu Schwab's.

Für Billy war der Drugstore fest mit dem Chateau verbunden, seit er zum ersten Mal in einem Taxi den Sunset Boulevard heruntergerollt war. Er hatte den Fahrer zur Marmont Lane dirigiert. Irgendjemand in New York hatte ihm erzählt, dass die Zimmer dort günstig, aber groß waren und für Los-Angeles-Verhältnisse recht geschmackvoll eingerichtet. Vor allem aber, und das war in den USA der Dreißigerjahre keine Selbstverständlichkeit, war man in diesem Hotel als Jude durchaus gern gesehen. Die oberen Schichten der USA dachten damals noch, Hitler könne ihnen ein wichtiger Verbündeter gegen die Bolschewisten sein. Und so gaben insbesondere die besseren Hotels Leuten mit »jüdisch klingenden« Namen genauso ungern Zimmer wie braunen und schwarzen Menschen.

Los Angeles war Billy, als er den Sunset Boulevard hinaufrollte und ihm die Sonne vom Pazifik aus ins Gesicht stach, direkt an diesem ersten Abend ein Zuhause für alle Zeiten geworden. Bisher war seine Seele in seinem Leben nie einer Stadt treu geblieben. Als er in Wien war, zog es ihn nach Berlin, als er in Berlin war, wollte er nach Paris. Und als er in Paris war, sehnte er sich nach New York. Mit Los Angeles war es anders.

Natürlich vereinfachten das Wetter, die jungen Palmen und die schiere Weite den Zustand einer leichten Verliebtheit. Warum aber Los Angeles die Liebe seines Lebens geworden war, darüber blieb Billy bis zu seinem Todestag im Unklaren. Ja, Los Angeles hatte ihn wertgeschätzt, er hatte hier ein Vermögen verdienen können. Das Haus, der Pool, die Autos. Und doch war da noch mehr. Oder? Vielleicht der Umstand, dass Billy keine einzige Sekunde, seit er hier war, Angst gehabt hatte, dass die Menschen Südkaliforniens ihn jemals in seiner Existenz bedrohen würden. Dafür schien hier doch eindeutig zu viel die Sonne. Dafür ging es den Leuten in diesen Gefilden, ob arm oder reich, doch einfach zu gut.

Mit Zensur und Denkverboten hatte Billy immer umgehen können, und so würde er einige Jahre später auch die bisweilen gefährlichen und definitiv beschissenen McCarthy-Fünfziger wohlbehalten überstehen. Im Biegen der Regeln, im Tricksen, im Rumgaunern, im Schmähen war er der Bigotterie der anderen immer einen Schritt voraus geblieben. So viel Wiener blieb er bis zum Schluss, ganz gleich wie gut sein Englisch wurde.

Durch Schwab's Pharmacy hatte Billy verstanden, was es bedeutete, ein Amerikaner zu sein. Zuvor war er mit gesenktem Kopf den Sunset Boulevard hinuntergeschlurft. Kurz vor seiner Ankunft in seinem Deli, seiner Bodega, seiner Dive Bar jedoch streckte Billy den Nacken, ohne dass er es bemerkte. An den Stehtischen vor Schwab's standen Männer in erdtonfarbenen Leinenanzügen mit weitem Bein und schwarzen Sonnenbrillen. Sie erkannten ihn nicht, aber zweifellos musterten sie ihn, ohne dabei ihre Plaudereien einzustellen. Mindestens einer von ihnen stank nach Tequila. Billy blieb cool. Er stieß die Tür so lässig er konnte auf, setzte dazu an, so fließend wie möglich die Schwelle zu überschreiten, jedoch: Sein rechter Fuß blieb am Türrahmen hängen, nur für eine Millisekunde, und der große Auftritt war dahin.

Aber es blieb zum Glück einerlei. Im Inneren von Schwab's registrierte in diesem Moment niemand, dass mit Billy jemand in ihre Mitte getreten war, der größer werden würde, als sie alle dachten. Gerade war all diesen Gernegroßen, die sich zwischen Lebensmitteln, Pillen, Hustensäften, Sandwiches, Sodas und Schnaps so aufführten, als lägen in West Hollywood die Goldnuggets auf der Straße herum, Billy Wilder ziemlich egal. Sie konzentrierten sich auf den einen Menschen in ihrer Mitte, dem sie unermesslichen Wert zusprachen.

Irving Grant Thalberg war wirklich ein nach jeglichen Maßstäben schöner Kerl. Vor wenigen Monaten hatte man ihn zum Teilhaber des durch einen Merger entstandenen

Filmstudioriesen Metro-Goldwyn-Mayer gemacht. Als Vizepräsident war er deshalb für die gesamte Produktion des Studios verantwortlich. Seine deutschen Eltern hatten Irving in Brooklyn großgezogen, bevor er als Zwanzigjähriger mit seinem Boss, dem Württemberger Carl Laemmle, nach Los Angeles gegangen war. Der hatte große Pläne für seinen Sekretär. Von einem Tag auf den anderen hatte er Thalberg zum Manager der Universal Studios Hollywood berufen und Irving so zum Kronprinzen einer blutjungen Industrie ernannt. Inzwischen war er beinahe schon ihr König.

Billy hatte inzwischen am Tresen Platz genommen, sich ein Truthahnbrust-Sandwich mit geschmolzenem Cheddar bestellt plus eine Schachtel Kippen, hatte sich eine davon angesteckt und sich dann unverhohlen nach Thalberg umgedreht. Das war in Ordnung, zu Schwab's ging man ja schließlich, um zu beobachten – und um selbst begutachtet zu werden.

Thalberg fungierte als wild lodernde Sonne inmitten eines Vierergrüppchens kleiner Sternchen. Von den anderen sah Billy nur die Rückseiten ihrer lang geschnittenen Blazer. Zweifellos war Thalberg der am teuersten und adrettesten Gekleidete der Runde. Das gestreifte Jackett zugeknöpft, das Einstecktuch, die Weste, darunter die gepunktete Krawatte, die perfekt pomadisierte Frisur. Im Verhältnis zur grundsätzlichen Lässigkeit West Hollywoods sah er ziemlich aufgebrezelt aus, was wiederum seine Golden-Goose-Haftigkeit unterstrich. Thalbergs selbstbewusstes, hungriges Gewinnerlächeln wollte angeguckt werden, er wollte genossen, beneidet und begehrt werden – solange Gott es ihm vergönnt hatte.

Nur Wochen nach seiner Geburt war bei Thalberg das »blue baby syndrome« diagnostiziert worden, das heißt, sein Herz wurde nicht ausreichend mit Sauerstoff versorgt. Die besten Ärzte New Yorks hatten sich Baby Thalberg damals angesehen und ihm zwanzig, maximal dreißig Jahre gegeben. Alle in Hollywood kannten die Story. Thalberg aber würde siebenunddreißig Jahre alt werden.

Billy hatte gerade die erste Kippe aufgeraucht, im blechernen Aschenbecher zerdrückt und, den Tabakrauch-Geschmack noch an den Lippen, in sein Sandwich gebissen. Der Käse und die Tabak-Partikel erzeugten eine merkwürdig harmonische Geschmacksexplosion. Er stellte sich ein anderes Leben vor. Ein langes, ein geregeltes. Es reichte ihm, wenn die Kerze an einem Ende brannte. Aber ihm hatte ja auch niemand jemals vorgerechnet, wie lange er leben würde. Ob so ein besonderer Arzt, von dem jeder und jede die eigene Lebenserwartung berechnen lassen kann, wohl guter Filmstoff wäre?

Als er ein zweites Mal in sein Sandwich biss, setzten sich eine Frau und ein Mann zu ihm an den Tresen. Während Billy in seinen Gedanken anfing, eine Szene zu schreiben, in der ein Arzt am Wiener Gürtel einen jungen Adolf Hitler nackt begutachtet, dann nach dem »kleinen Adolf« greift, auf einmal ein panisches Geräusch von sich gibt und dann peinlich berührt die Flucht ergreift, begannen diese beiden, sich auf Deutsch zu unterhalten.

Billy registrierte ihre Anwesenheit zunächst nicht, weil er sich just in diesem Moment fragte, ob jemand wie Thalberg ihn mit seiner Idee wohl unter Vertrag nehmen würde. Aber als dann die Frau den Mann mit »Du, Ernst« ansprach, verlor er jenen Gedanken und somit auch seine Szenen-Idee glücklicherweise für immer. Die sich nun anbahnende Begegnung hingegen würde sich für Billys weiteres Dasein in Hollywood als schicksalhaft erweisen.

Vierte Szene
Westwood

Hedi spürte die Erde zwischen ihren Fingern. Sie ballte ihre Linke zu einer Faust, hob sie zu ihrer Nase und roch daran. Das vertraute Odeur von Erde und Rasen brachte sie zurück in die Realität, in ihre Realität. Sie begann wieder Geräusche wahrzunehmen. Schreie, Rufe, Autohupen. Hedi fasste sich mit ihrer verdreckten Hand an die Stirn und erspürte eine kleine, zurückhaltend blutende Wunde. Offenbar hatte jemand oder etwas sie inmitten der chaotischen Szenerie niedergestreckt. Jetzt auch noch Erde in ihr Loch am Kopf zu schmieren war sicher nicht der hellste Einfall. Aber heute war offenbar ohnehin nicht der Tag, an dem sie ihre besten Entscheidungen traf.

Hätte sie vielleicht doch mit diesem Namenlosen in ihrem Bett bleiben sollen? Oder wäre es besser gewesen, sie hätte ihn geweckt, rausgeschmissen und sich dann wieder hingelegt? Hedis Schädel dröhnte, mehr vom Kater als von der Wunde, es half alles nichts. Sie richtete sich auf, um Mayla zu finden. Die Polizei bildete ein paar Meter von ihr entfernt eine Angriffslinie, während eine kleine Gruppe

Protestierender auf den Sunset Boulevard gesprintet war. Um sie herum zig Autos. Die meisten waren am Steuer sitzen geblieben und hupten arrhythmisch, einige standen neben ihren Elektro-Limousinen und Diesel-SUVs, ihren Hass verbal exponierend.

Hedi war nicht gemacht für solche Situationen. Natürlich war sie in ihrem Leben immer wieder auf Demonstrationen gegangen. Gegen den Irakkrieg, gegen das Vergessen des Anschlags in einer deutschen Kleinstadt, gegen die Freilassung des Attentäters von Luckow. Sie hatte ihre eindeutigen politischen Überzeugungen, einen klaren Wertekompass. Eine Kämpferin aber war sie sicher nicht, und sich von einem Uniformierten in Riot Gear mit Schlagstock umschubsen zu lassen, schien ihr nicht mal eine abenteuerliche Anekdote zu sein. Wo war Mayla? Hedi versuchte sich zu erinnern, wo genau inmitten der Zeltstadt sie gestanden hatte, als sie in diesen Straßenkampf hineingeraten waren.

Mayla hatte Hedi zeigen wollen, wo sie seit einem halben Jahr lebte, in einem mit Bettlaken abgehängten Bereich im ehemaligen Parkhaus Nummer Drei der UCLA School of Theater, Film and Television. Ein paar Tausend Studierende und andere sozialistischen Utopien Zugeneigte waren hier zusammengekommen – so wie überall an den ehemaligen Eliteuniversitäten der Vereinigten Staaten. Und Hedi hatte sich ja gestern Abend gerade erst dazu entschieden, dass ihr nächster Film eine Doku über das Leben in dieser neuen selbst verwalteten Stadt werden würde.

Unbedingt wollte Hedi diesen Film machen. Erst recht

jetzt, nachdem sie aus erster Hand miterlebt hatte, mit welcher Widerständigkeit und auch Brutalität die ehemaligen Studierenden ihr Territorium verteidigten. Die Eliteeinheiten des LAPD wagten mittlerweile nur noch alle zwei, drei Monate einen Vorstoß in Richtung Campus. Heute hatte Hedi ihre Kamera und ihren deutschen Presseausweis nicht dabeigehabt. Hätte sie mal daran gedacht, beides einzupacken. Wäre sie heute früh nicht so neben der Spur gewesen, hätte sie jetzt kein Blut an der Stirn.

Hedi war grundsätzlich skeptisch eingestellt. Dem Leben und den Menschen gegenüber, aber auch der über versteckte Chatgruppen organisierten antiimperialistischen Bewegung, die in verschiedene lokale Chapter aufgeteilt war. Mayla gehörte dem Leadership des Chapters »X« an. Manchmal wünschte sie sich, vorbehaltloser an etwas glauben zu können. Intuitiv fand Hedi die Vorstellung von einer hierarchisch flachen Gemeinschaft ohne Lohnarbeit und mit einer funktionierenden Tauschwirtschaft auf dem Papier wunderbar. Aber immer dann, wenn etwas wirklich gut klang, gab es in ihr selbst eine Stimme, die an der grundsätzlichen Befähigung des Menschen zum Gutsein zweifelte. Es war manchmal schwierig, links zu sein, wenn man zwar idealistisch fühlte, aber zynisch dachte. Dennoch hatte Hedi verhaltener Enthusiasmus ergriffen, kurz nachdem Mayla sie am Checkpoint südlich des Franklin David Murphy-Skulpturengartens abgeholt hatte. Unterricht fand hier, zwischen den Departments für Economics und Social Welfare, schon lange nicht mehr statt.

Maylas Äußeres präsentierte die ideale Protagonistin eines Films über Netz-politisierte Mittelschichts- und Oberschichtsmenschen, die von einer Welt jenseits von Kapitalismus, jenseits von White Supremacy und jenseits des Patriarchats träumen. Sie war wahrhaftig ein Star, das hatte Hedi schon aus mittlerer Entfernung erkannt. Ihr langsamer, vorsichtiger Gang, die lässige Eleganz. Ein verwaschenes T-Shirt, eine löchrige Jeans, Clog-ähnliche Schuhe mit Kork-Sohle und darin die nackten, ein wenig zu kleinen Füße. Hedi hatte instantly einen Crush. Sie war ein wenig aufgeregt, dass sie ihre Freundin aus dem Internet nun tatsächlich kennenlernen würde.

Von irgendeinem ikonischen alten Regisseur hatte sie gelernt, man müsse als Filmemacherin unbedingt ein kleines bisschen verknallt in all seine Figuren sein. Hedi fand, dass dies für einen Dokumentarfilm genauso galt wie für einen Spielfilm. Erst jetzt fiel ihr Maylas Hut auf. War das ein Stetson? Und war es nicht sogar dasselbe Modell, das auch Golo getragen hatte? Er war jedenfalls ebenso aus schwarzem Schafsfell und hatte sogar ähnlich aussehende Gebrauchsspuren. Allerdings hatte Mayla die Krempe so geformt, dass sie ihre Stirn beinahe zur Gänze verdeckte. Während Golo im Cowboyhut wie ein Geck ausgesehen hatte, wie ein Schauspieler, saß der Stetson auf ihrem Kopf so angemessen, als wäre er eine Krone. Hedi empfand einen Schwall von Reue. Sie wünschte sich, sie hätte Golo nie gesagt, dass der Hut ihn weniger attraktiv erschienen ließ.

Als sie ihren Genoss*innen, die heute an der Pforte

Dienst schoben, erklärte, warum sie Hedi durchlassen müssen, obwohl sie »keine von uns« sei, lüftete Mayla den Stetson, und ihr langes, ungekämmtes Haar begann sich im Pazifikwind zu kräuseln. Hedi hatte ausreichend Zeit, ihr die Gewissheit über die eigene Attraktivität und Autorität an den Lippen abzulesen.

Mayla erzählte ihr in großen Bögen und reich an Anekdoten von dem, was sie und ihre Genoss*innen hier seit der Besetzung aus der Erde gestampft hatten. Sie zog Hedi gebieterisch an der Hand durch die verschiedenen Camps. Sämtliche Lehrenden waren vom Campus verbannt und eine rigide Altersgrenze war eingeführt worden. Nur weniger als dreißig Jahre alten Menschen war es erlaubt, sich dauerhaft anzusiedeln. Weiterhin musste jeder das Manifest der Gemeinde »X« unterzeichnen. Das »X« gemahnte an Malcolm Little. Dieser hatte seinen Familiennamen im Verlaufe seines zu kurzen Lebens aufgegeben, weil dieser den Sklavenhaltern seiner Vorfahren gehört hatte – und ihn durch ein X ersetzt. Zum Zeitpunkt seiner Ermordung würde der Legende gewordene Schwarze Bürgerrechtler den islamischen Namen Malik el-Shabazz tragen, im kollektiven Gedächtnis blieb jedoch das »X« stehen – in ewiger Erinnerung an das Überlegenheitsdenken weißer Vorherrschaft. Für die Gemeinde von »X« manifestierte der Buchstabe den Wunsch, an der Fortführung der gerechten Kämpfe von el-Shabazz mitzuwirken.

Die bisher erfolgreich etablierten Encampments, die sich von der East Coast über den Süden bis hierhin, bis an die

Pazifikküste, wie ein Hufeisen durch die Vereinigten Staaten zogen, waren mit Buchstaben bezeichnet. Übergangsweise, wie Mayla betonte.

Mayla, die sich selbst überraschenderweise auch als Zynikerin bezeichnete, erzählte Hedi von ihrem Erstaunen darüber, wie zügig sich aus der aus Wut geborenen Protestbewegung eine utopische Gemeinschaft mit fortgeschrittener Professionalisierung herausgebildet hatte. Hedi verstand sofort, was sie meinte. Die Bewohner*innen der Zeltstadt umarmten sie freundlich, alle rochen gut, waren nüchtern und offenbar klaren Verstandes. Niemand starrte verloren in ein Telefon hinein. Tatsächlich waren mobile Kommunikationsgeräte in allen Außenbereichen und Community Spaces von »X« tabu. Eine Regel, die hier, im kommenden neuen Los Angeles, erfunden worden war und bald von den anderen Kommunen übernommen wurde.

»Weißt du, Hedi, das ist nicht mal etwas Ideologisches. Eigentlich wollten wir anfangs nur verhindern, dass die generativen künstlichen Intelligenzen der Polizei Bewegungsprofile von uns anlegen. Dass sie die Telefone unserer Member mit Fake News über unsere Bewegung fluten. Dann erinnerte sich jemand daran, dass ihr Gen-Y-People früher in Internet-Cafés gegangen seid«, dozierte Mayla mit softem Lächeln. »Wir richteten in allen Campus-Cafés fest installierte kleine und größere Bildschirme ein, die von wirklich allen genutzt werden können. Die seitdem nicht mehr benötigten individuellen Mobilgeräte lagern an einem geheimen Ort. Es dauerte nur Wochen, bis wir merkten, wie sich unsere Gemeinschaft veränderte. Ich weiß nicht. Hedi, kannst du dich daran erinnern, wie du dich gefühlt hast, als du zum ersten Mal durch deine eigenen Hände gekommen bist und du dich zugleich unglaublich unsicher und von Scham erfüllt, aber auch so was von fucking empowered fühltest?« Hedi antwortete nicht.

»Wo sind die Telefone hin?«, dachte sie. Und dann sagte sie doch: »Amazing«, und schämte sich dafür. Warum war ihr nichts Besseres eingefallen? Sie fragte sich, wie Mayla sich ihrer Sache so unglaublich sicher sein konnte. Ihr selbst war die Vorstellung einhundertprozentiger Gewissheit immer fremd geblieben. Und auch wenn andere ihre Überzeugungen allzu selbstsicher kommunizierten, jagte das Hedi Angst ein.

Mayla hatte Hedis Schweigen bemerkt und wirkte zum ersten Mal minimal verunsichert. Eine Person trat an sie heran, die Mayla erst zart über den Rücken streichelte und dann mit davorgehaltener Hand etwas in ihr Ohr flüsterte. Hedi versuchte währenddessen, ihre Gesichtszüge zu lesen. Sie sah, wie diese sich leicht verhärteten. Ihre Augen schienen kleiner zu werden, eine kleine Falte erschien auf ihrer Stirn. Sie sagte zu Hedi: »So sorry. Es scheint, als könnte ich dir unser Zuhause erst etwas später zeigen. Willst du River und mich joinen? Es gab einen Angriff auf unsere nördliche Grenze.«

Eine Weile hatte Hedi das schnell trocknende Blut auf ihrer Handinnenfläche angestarrt. Sie schüttelte die innere Versteinerung ab und beschloss, Maylas ungeklärten Verbleib fürs Erste zu akzeptieren. Sie setzte sich in Bewegung, beschleunigte mit ihren wackligen Beinen so gut sie konnte und fand Schutz im Schatten einer Gruppe hünenhafter Eukalyptusbäume. Als würde sie das absonderliche Tun der Menschen nichts angehen, wiegten sie sich sanft im warmen Wind, der vom Pazifik herüberkam.

Seit Hedi in der Riesenstadt Los Angeles verloren gegangen war, schien die Welt um sie herum stetig weiter zu eskalieren. Sie hatte hier kaum einen Menschen getroffen, der oder die nicht mit mindestens der Hälfte ihrer Familie oder Wahlfamilie gebrochen hatte. Ob im Biomarkt, im Discounter oder bei Sportereignissen, das Reden unter Fremden, das gegenseitige Anlächeln, alles war einer grundsätzlichen Skepsis gewichen. Die anderen waren zu einer Gefahr geworden. Und was, wenn jemand zuhörte?

Natürlich hätte Hedi auch nach Delhi gehen können. Oder nach Istanbul. Oder nach Tokio. Metropolen zum Verschwinden. Andererseits war die Paranoia der Bevölkerung, angepiekst durch agitierende Alte, in den meisten Großstädten der Welt schon vor einer Weile in brutale Gewalt umgeschlagen. Trotzdem kam es für Hedi nicht infrage, aufs Land zu ziehen. Smog und Enge und Wahn und Verdrängung und Entgrenzung und Elend und das Gefühl von Freiheit, die Millionen von Leuten auf engstem Raum ihr versprachen, waren so essenziell für ihre Vorstellung vom Menschsein, dass es ihr unmöglich schien, sich von dieser Art des Daseins zu lösen.

Warum nur war sie so weit, sie konnte nach Westen gegangen, statt nach Osten zu streben? Es ist nicht so, als hätte sie diese Fragestellung befriedigend abschließen können. In ihrem Herzen steckte sicher eine Sehnsucht danach, herauszufinden, wie es sich anfühlte, in den Vereinigten Staaten von Amerika zu leben. Wie es wäre, dort zu sein, wo all die Geschichten herkamen, die sie geprägt hatten? *O. C., California, Sex and the City* und der Soundtrack von *The Graduate* hatten sie so sehr gebrainwasht, dass sie an die Vereinigten Staaten von Amerika immer mehr geglaubt hatte als an Deutschland. Carrie Bradshaw, Mike Nichols und Seth Cohen waren ihr immer lieber gewesen als Hölderlin, Jan-Josef Liefers und der Bulle von Tölz.

Sie war sich nicht sicher, ob tatsächlich eine direkte Verbindung zwischen der Weimarer Klassik, der Romantik, zwischen all den vermeintlichen deutschen Geistesgrößen vor 1900 und der Popkultur der Bundesrepublik existierte. Das BRD-Fernsehen und -Kino der Gegenwart jedoch, das war zweifellos eine mit Biedermeier-Möbeln ausstaffierte Vorhölle, da war sich Hedi ganz sicher. Sie konnte nicht wirklich festpinnen, warum dem so war, aber die Vorstellung, man könne in der Bundesrepublik gute Popkultur herstellen, erschien ihr als komplett absurd. Sogar Wim Wenders hatte nur dann echt gute Filme gemacht, wenn er dafür nach Texas oder Tokio gegangen war.

Um Hedi war Stille eingekehrt. Die Einsatzgruppe des LAPD hatte sich zurückgezogen, und auf dem Sunset Boulevard floss der Verkehr wieder in gewohnter Gemächlichkeit. Niemand hupte mehr, die Sonne schien, etwas Wind ging, die Oberfläche wirkte wieder intakt. Vermutlich hatte es eine Handvoll Festnahmen gegeben, sicherlich waren so manche Filmchen mit manipulativen Ausschnitten bereits von durch die Behörden beauftragten Akteuren ins Internet geladen worden. Die Polizei musste zumindest den Anschein erwecken, dass das Gewaltmonopol des Staates weiterhin intakt war. Die Kommunard*innen mussten verprügelt werden, ein paar nahm man fest, manchmal wurde auch jemandem ein Prozess gemacht, für die Kosten kam die Gemeinschaft auf. Diese Art des Blutzolls war nötig. Der Polizeipräsident von Los Angeles musste dem Gouverneur von Kalifornien schließlich regelmäßig Zahlen vorlegen, die belegten, dass er etwas tat gegen die antiamerikanische Besetzung von Staatseigentum.

An eine langfristige Auflösung der Camps glaubten mittlerweile aber weder der Senat noch das FBI, so sagte man es in den besetzten Zonen überall in den Staaten. Nur in New Mexico war das Chapter »J«, benannt nach Joan Chandos Baez und ihrer unbedingte Aufmerksamkeit einfordernden Sopranstimme, vor zwei Monaten mit Wasserwerfern und Schlagstöcken geräumt worden. Zwei Tote. Die Hälfte der Bewohner*innen hatte man inhaftiert – die andere war in benachbarte Communitys weitergezogen. Eine solche Eskalation würde eine Ausnahme bleiben.

Die Separationsbewegung der Jungen war also, das konnte man zweifellos behaupten, ohne dafür als Dummkopf beschimpft zu werden, ungebrochen erfolgreich. In den Kommunen etablierte sich Schritt für Schritt ein Alltag. Die Toiletten wurden regelmäßig gereinigt, der Speiseplan gewann an Komplexität. Auch die bürgerliche Rezeption verbesserte sich stetig, erkennbar an den unerwartet hohen Zugriffen auf die Profile in den sozialen Medien sowie an den zunehmend positiven Reportagen in den Traditionsmedien. Auch die ersten Marken, natürlich nur solche, die den ethischen Standards der Bewegung entsprachen, hatten angeboten, die Kommunen in New York, Los Angeles und Austin mit fair gehandelten Lebensmitteln und Alkoholika sowie Turnschuhen aus veganem Leder auszustatten. Mayla trug eine fliederfarbene Variante. Der jüngste Schulterschluss der Revolution mit dem freien Markt hatte den Bewohnern von »X« auf Anejo-Tequila basierenden Espresso Martini in der Pre-Mixed-Flasche beschert.

Als Golo unter die Dusche gestiegen war, hatte Hedi noch mit geschlossenen Augen wach gelegen. Sie hatte sich vorgestellt, Golo und sie würden gemeinsam mit zwei Dachshunden in einer kleinen Wohnung leben. Irgendwo im Valley, vielleicht in der Nähe der Warner Brothers Studios in Burbank. Hedi hatte sich gefragt, ob in dieser anderen Existenz dann auch ein kleines Menschenbaby Platz haben würde. Als der Duschhahn versiegte, hatte Hedi fragend Golos Namen gerufen und keine Antwort erhalten. Sie hatte sich allein gefühlt.

Mayla lächelte genauso einnehmend wie bei ihrer Begrüßung. Sie wollte Hedi noch etwas zeigen.

»Oder hast du noch etwas anderes vor?«

Hedi, irritiert, weil die andere weder mit der Wimper zuckte noch nach dem getrockneten Blut in ihrem Gesicht fragte, schüttelte zaghaft den Kopf. »Tut mir leid, ich hatte dich aus den Augen verloren …«

»Das ist überhaupt nicht schlimm. Schön, dass es dir gut geht – und dass du nicht schnell das Weite gesucht hast, als sie uns attackiert haben. Deine Feuertaufe hast du bestanden!«

Hedi lächelte verlegen. Das Kompliment freute sie.

Hedi spürte, wie Mayla nach ihrer Hand griff. Sie wurde von ihr zu einem Gebäude am Rande der Zeltstadt gezogen, dessen Einfahrt beinahe an den Sunset Boulevard angrenzte. Sie liefen durch ein Gartenareal, dessen Grünfläche gerade gemäht wurde. Hedi schaute der Person hinter dem Rasenmäher nach. Sie hatte die Hose nicht nur auf der mittleren Höhe der Waden abgeschnitten, sondern sie offenbar auch so umgenäht, dass sie am Po eng genug saß, um eine Uniform der Arbeiter*innenklasse in etwas zu verwandeln, das die eigene sexuelle Attraktivität steigerte. Und das war ganz richtig so, fand Hedi. Eine gute Rebellion müsse innerlich wie äußerlich schön sein, damit sie die Chance hatte, erfolgreich zu sein. Sie müsse auch ästhetisch eine Alternative zum Bestehenden anbieten. »Veränderung beginnt an der Oberfläche«, war einer der wenigen Glaubenssätze, die Hedi bedingungslos unterschrieben hätte. Schweigend folgte sie Mayla.

»Willkommen in unserem Tempel«, sagte diese und versuchte offenbar, ironisch zu klingen. Das gelang ihr nicht, fand Hedi, die einen leichten Anfall von Genervtheit verspürte. Es war schon in Hedis Kindheit so gewesen, dass sie die allermeisten Menschen nur in leicht verdaulichen Dosen vertrug.

Hedis Sinne wurden von einem Gemisch aus Geräuschen und Gerüchen überwältigt. Als Erstes roch sie das süßlich-holzige Aroma der Bursera graveolens, das Pop-Spirituelle seit einiger Zeit unter dem Namen Palo Santo für sich entdeckt hatten. Grammy-beschwerte Musikproduzenten in New York, Vintage-Store-Besitzer in Portland, notorisch-provokante Comedians aus Austin und auch von wahnhaften Reinheitsfantasien ergriffene Anthroposophen liebten die in der Regel Zeigefinger-großen braunen Holzstücke. Alle schrieben sie dem Rauch der brennenden Stäbe zauberhafte Kräfte zu. Sie glaubten, dieser würde ihnen in ihrem ewigen Streben nach Selbstverbesserung behilflich sein. In Berlin kaufte man das Palo Santo in der Regel von Patchouli-Parfum tragenden Althippies, in Los Angeles aber wurde es bereits in den luxuriösesten Biosupermärkten feilgeboten.

Golo hatte in ihrem Zuhause ab und an eines der kleinen Holzstücke angezündet, das vor allem von Peru und Venezuela in den Rest der esoterisch interessierten Welt exportiert wurde. Palo Santo, das heilige Holz, wurde vor Hunderten, wenn nicht Tausenden von Jahren von einem aztekischen Priester erstmals verwendet. Ein alter Baum am Rande seiner Gemeinde war verstorben, da war er gerade sechzehn geworden. Wenig später verschlug es den jungen Mann nach Tenochtitlán, in die Hauptstadt des Aztekenreiches, wo er sich zum Schamanen ausbilden ließ.

Als der junge Schamane nach Jahren der Ausbildung zurück in sein Heimatstädtchen kam, moderte der lieb gewonnene, immer noch tote Baum vor sich hin. Das war ja kein Zustand, fand der junge Priester. Also brach er mit seinen bloßen Händen einen Ast von seinem toten Freund ab, um sich aus diesem eine Figur zu schnitzen. Er dachte, so könne er aus einem Teil dieses Baumes, den er sein Leben lang kannte, eine anbetungswürdige Reliquie herstellen und diese mit sich zurück in die Hauptstadt nehmen – so sehr liebte er dieses Wesen, das niemals mit ihm gesprochen hatte.

Es ist nicht überliefert, was sich im Anschluss zutrug. Aus irgendeinem Grund musste der Schamane den Ast schließlich angezündet haben. Vielleicht aus Versehen. Und dann geschah es. Nicht nur empfand er den Geruch des brennenden Baumharzes als sehr angenehm, er spürte auch sofort, wie ein ihm in die Nase gestiegenes Rauchwölkchen seine Schleimhäute erweiterte. Am nächsten Morgen war die Erkältung, die der Priester zuvor wochenlang verschleppt hatte, geheilt. Er segnete den verstorbenen Baum und begann allen, die bereit waren, ihm zuzuhören, von diesem wundersamen, heiligen Holz zu berichten.

Der junge Schamane war es auch, der schließlich festlegte, dass die Bursera-graveolens-Bäume erst drei Jahre nach ihrem Tod abgeerntet werden dürfen. Bis dahin gehörten sie dem Wald. Und während so die Jahrhunderte vergingen, fanden die Azteken und auch die Inka immer mehr Wege und Weisen, das Palo Santo würdig zu ehren. Bei vielen ihrer Zeremonien kam der harzig-holzig duftende Rauch zum Einsatz, weil er offenbar Geist und Körper gleichermaßen zu reinigen vermochte. Aber auch bei Bauchschmerzen oder Rheuma oder seelischen Verwundungen half das Palo Santo, so glaubte man, indem es negative Energie in positive verwandelte. Manchmal als Räucherwerk, aber auch in Form von Salben und Ölen.

Seine unwahrscheinliche Erfolgsgeschichte wurde den Bäumen viel später beinahe zum Verhängnis. Erst hatte sich das Wissen um seine heilenden Kräfte über den gesamten Kontinent verbreitet – und dann kamen die Europäer mit ihrem fanatischen Wunsch, sich die gesamte Welt zu unterwerfen. Menschen und Tiere und Bäume und Flüsse. Ab dem 20. Jahrhundert wurde Bursera graveolens schließlich vom Ministerium für landwirtschaftliche Entwicklung des Staates Peru einige Jahre lang als bedrohte Art geführt. Hätten die Peruaner diese Entscheidung nicht getroffen und so auf eine Menge europäisches Geld verzichtet, vermutlich könnte niemand heute noch in den Genuss kommen, die wohltuenden Kräfte des Palo Santo zu empfangen.

All dieses Wissen hatte Hedi im Internet erworben, als sie gegen Mitternacht endlich, noch von der zuvor erlebten Zeremonie benebelt, wieder in ihrem Schlafzimmer angekommen war. Sie hatte die Bettwäsche gewechselt und dabei »Blood on the Tracks« von Bob Dylan gehört. Das Album erinnerte sie an ihr siebzehnjähriges Ich, ihr erstes

Paar Doc Martens und die Demos gegen den Dritten Golfkrieg, auf die sie damals gegangen war. Sie hatte viel Dylan gehört in dieser Zeit, diese Marotte dann aber lange als furchtbar peinlich empfunden. So was hörten gefährlich selbstsichere Möchtegern-Weltverbesserer oder Bildungsbürger mit Lehramtsstudium, also: Männer, und mit denen wollte sie ja überhaupt nichts gemein haben. Jetzt allerdings hatte sie laut mitgesungen. »She dropped a coin into the cup, of a blind man at the gate, and forgot about a simple twist of fate.«

Aus gut versteckten Lautsprechern war Musik durch den Raum gewabert. Ruhige, flächige Synthesizer-Töne hatten sich als gleichmäßiger Soundteppich über Hedis Bewusstsein gelegt. Dazu sang eine Frauenstimme in einer Sprache, die Hedi fremd war und eine undurchdringliche Stärke ausstrahlte. Hedi hatte nie Schöneres gehört. Gleichzeitig erschien es ihr, als würde von der Musik eine Art Gefahr ausgehen. Vielleicht war es aber auch ihre religionskritische Erziehung, die diese offenkundig von einer großen spirituellen Hingebung erzählende Kunst und ihre vollkommene Schönheit grundsätzlich als bedrohlich empfand.

Hedi musterte die Menschen, die überall im Raum verteilt saßen oder lagen, wachten oder schliefen. Alle schwiegen. Und auch Mayla war verstummt. Mit ihrem Blick fixierte sie einen kleinen Schrein, von dem aus sich der harzig-süßliche Rauch im gesamten Raum verbreitete. Hinter dem Räucherholz hatte jemand ein unauffälliges Bild mit der Fotografie einer Frau darauf aufgestellt. Ihr krauses schwarzes Haar fiel auf ein bis zu den Knöcheln reichendes orangefarbenes Baumwollgewand.

Mayla führte Hedi zu zwei freien Kissen mit beigen Leinenbezügen und signalisierte ihr mit einer zackigen Geste, sich hinzusetzen. Als Hedi Folge geleistet hatte, waren die Gesänge auf der Aufnahme schneller und schneller geworden. Hedi hatte das in eine Unruhe versetzt. Auf einmal spürte sie, wie eine Welle auf sie zurollte. Sie war groß, brutal und schön. Als die Welle sie unter sich begrub, war von einem Moment auf den anderen alles verschwunden, und es war Hedi egal.

Fünfte Szene

Melrose

Golo blätterte etwas ratlos durch die Softcover-Kopie von Art Spiegelmans *Maus*. »Ich weiß, dass es das wichtigste Buch deines Lebens werden wird.« Die leichten Bewegungen, die Maddys Gesicht machte, während sie das gesagt hatte, schoben sich vor sein inneres Auge. Golo war sicher gewesen, er würde in dem Buch die Telefonnummer der Buchverkäuferin finden oder zumindest irgendeinen Anhaltspunkt über ihr Leben. Dabei hatte er selbst gerad die Schutzfolie um den Comic entfernt, und deshalb war das ja ganz unmöglich. Er hatte gehofft, von Maddy, mit der er ein, wie er fand, exzellentes Gespräch geführt hatte, um ein Treffen zu zweit gebeten zu werden. Vielleicht ins Kino.

Es war eine Ewigkeit her, dass Golo auf ein erstes Date ausgeführt worden war. Als ein gemeinsamer Bekannter Hedi und ihn einander vorgestellt hatte, verabredeten sie sich zum Spazierengehen. Beide beschäftigten sich zu der Zeit mit der Klimabewegung. Und so ließen sie einander glauben, sie träfen sich, um berufliches Wissen auszutauschen. Hedi glaubte, ihr erster Spielfilm, über den sie bereits damals nachdachte, müsse eine Coming-of-Age-Story erzählen. In ihrem Mittelpunkt sollte eine junge Person stehen, deren Backstory in diesem frühen Drehbuchstadium sehr von jemandem namens Charlie inspiriert war. Charlie war bereits als Teenager ein internationales Postergirl für den Kampf gegen die Klimakatastrophe geworden.

Hedi arbeitete bereits seit mehr als einem Jahr an ihrem Drehbuch, und das lief auch gut, fand zumindest sie selbst. Dennoch scheiterte sie immer wieder mit ihren Versuchen, die nötigen finanziellen Mittel für die Art von Film, die ihr vorschwebte, zu gewinnen. Sie hoffte, dass sich das ändern würde, wenn sie Charlie für ihr Projekt begeistern könnte. Und wie es der Zufall wollte, hatte Charlie tatsächlich Golos ersten Roman geliebt. Eine autofiktionale Coming-of-Age-Geschichte im Berlin der Neunzigerjahre. Mit diesem Hintergedanken hatte der Star der deutschsprachigen Klimabewegung ihn also kontaktiert.

Sie wollte, dass er mit ihr zusammen ein Buch entwickelte, das ihren Followern Klarheit geben würde. Über ihre Kindheit, ihre Politisierung und über das, wofür sie jetzt, in ihren Zwanzigern, stehen wollte. Natürlich spielte es für Charlie keine Rolle, dass ihr sämtliche Verlage für das Schreiben von egal was Riesensummen angeboten hatten. Ihr Interesse galt einzig allein dem Vorhaben, möglichst viele junge wie alte Menschen dazu zu inspirieren, selbst Teil der Bewegung zur Rettung des Klimas zu werden. »Das ›Walden‹ der Gen Z« war die Logline, mit der ihre Agentin das Buch den großen Konzernverlagen angeboten hatte. Vielleicht würde Golo also tatsächlich Hedi dabei helfen können, Charlie für ihren Film zu gewinnen. Er schien durchaus offen dafür zu sein.

Während ihrer ersten Begegnung hatten Hedi und Golo bisweilen vielsagende Blicke ausgetauscht. Ihr Gespräch hatte sich dennoch ausschließlich auf beruflichem Terrain bewegt. Golo hatte noch etwas sagen wollen, als Hedi sich schließlich nach zwei Stunden verabschiedet hatte. Vielleicht so etwas wie: »Ich finde deinen Mantel sehr schön.« Oder: »Danke für das Gespräch. Sollen wir das bald wiederholen?« Er hatte nichts von beidem herausgebracht und sich stattdessen enttäuscht nach Hause geschleppt.

Am selben Abend war Hedi Golo in einem sozialen Netzwerk gefolgt. Sie wolle ihn noch ein wenig ausfragen, schrieb sie. Golo antwortete: »Ja klar.« Hedi fragte, ob es für ihn auch okay wäre, sich dafür nochmals auf einen Kaffee zu treffen. Sie glaube daran, dass echte Gespräche bessere Antworten ermöglichten als schriftliche Fragen. Golo hoffte, dass hinter dieser Aussage mehr steckte, und formulierte seine Antwort so knapp wie möglich: »ich auch :)«

Ihr zweites Treffen erwies sich als ergiebiger. Als Hedis Lippen nach ein paar Stunden die seinen berührten, wollte Golos Herz sekundenlang keinen Mucks von sich geben. Zwar würde letztlich weder Golo Charlies Biografie schreiben – der Verlag wünschte sich einen Schriftsteller namens Benjamin von Stuckrad-Barre als Ghostwriter für das Projekt und bekam ihn auch – noch Hedi die Chance bekommen, ihren Film zu drehen. Unerwartet schnell änderte der

Zeitgeist in diesem Jahr seine Richtung, und die deutsche Filmförderung änderte die Förderkriterien. Man wollte künftig bevorzugt satirische Komödien über die kuriosen Auswüchse linker Identitätspolitik auf deutschen Leinwänden sehen. Aber da hatten sich Hedi und Golo längst ineinander verliebt.

Er hörte, wie jemand seinen Namen rief. »Dscholo? Dscholo!?« Golo hastete in den Coffee Shop. Es roch nach Palo Santo, fand er. Das Geschäft war eingerichtet wie eine Bodega. Ein paar Modezeitschriften, Kerzen, Butter aus dem Nappa Valley, Einweg-E-Zigaretten, Räucherstäbchen und mit Naturfarben gebatikte T-Shirts gab es zu kaufen. Die Leute kamen hauptsächlich für die Kaffee- und Tee-Getränke – und aus Neugier, weil die Assistentin von Hailey Bieber hier jeden zweiten Morgen um sieben Uhr für ihre Arbeitgeberin Koffeinhaltiges besorgte.

Als Golo die Schwingtür aufdrückte, touchierte diese die Hacken einer Mutter in hellbraunen Birkenstock Bostons mit Korksohle »Made in Germany«. Marlene machte einen Satz nach vorne, gerade als bei Community Goods, so hieß das Geschäft, die ersten Akkorde von Mazzy Stars »Fade Into you« aus den Bluetoothlautsprechern strömten. Eines der größten Los-Angeles-Lieder aller Zeiten, fand Golo. Hope Sandovals Stimme erschien ihm so ewig und anbetungswürdig wie an dem Tag, an dem er sie zum ersten Mal gehört hatte.

»I want to hold the hand inside you
I want to take the breath that's true
I look to you and I see nothing
I look to you to see the truth.«

Golo entschuldigte sich bei der Sandalen-Lady mit einer angedeuteten Verbeugung, einem Verlegenheitsgrinsen und einem »I am so sorry« – mit sehr emphatischer Betonung auf dem letzten O. Marlene hatte inzwischen ihren bellenden Hund, einen kleinen Chihuahua namens Gladwell, in ihre Arme klettern lassen. Wirklich alle im Café schauten in diesem Moment Golo, Marlene und Gladwell an. Und Golo schaute zurück.

Er identifizierte weitere Personen in Birkenstocks, andere in Ugg Boots und wieder andere in Adidas Sambas. Jede und jeder von ihnen war wahrhaftig »perfekt«, befand Golo. Der Stil bei allen drei Archetypen makellos lässig inszeniert, auf eine irgendwie verspieltere Art und Weise nonchalant als in Berlin. Anders erschienen die Menschen Golo einmal deshalb, weil die Farbpalette der zur Schau getragenen Textilien heller und freundlicher wirkte. Es hatte aber wohl auch etwas damit zu tun, dass die Menschen hier in West Hollywood ausnahmslos so fucking gesund aussahen, dass Golo jeden Tag mehrfach das Bedürfnis verspürte, sein ganzes Leben zu verändern und gleich morgen mit dreißigminütigen Pilates-Sessions bei einem Privat-Coach namens Kai zu beginnen.

Und dann geschah etwas Merkwürdiges. Statt sich zu

fühlen, als würden die Menschen hier instantly über sein Aussehen richten, empfand sich Golo einfach als gesehen. Und er entspannte sich augenblicklich. Gladwell hatte aufgehört zu bellen, Marlene hatte sich angeschickt, in aller Ausführlichkeit zu referieren, wie sie einmal in Berlin im Berghain gefeiert hatte. Golo antwortete ihr, dass er zwar noch nie dort gewesen sei, sich aber sehr darüber freue, dass sie, also Marlene, in diesem für ihn gänzlich unattraktiven Traditionsetablissement realisiert habe, dass ihr Job als production executive bei einem der großen Streamer ein Dead End dargestellt habe. Inzwischen war sie Bildende Künstlerin geworden. »Skulpturen!« »Getöpfert!« »So Exciting!« »Oh, du bist ein Writer?« »Ich muss dir meine Tochter vorstellen.« Marlene schaute jetzt, während sie Gladwells Schädel massierte, nach links auf eine junge Person, deren Nackenmuskulatur zweifellos gerade überspannt war. So tief war ihr Kopf gesunken, um sich möglichst erfolgreich hinter ihrem Telefon zu verstecken. Bevor Marlene aber Weiteres sagen konnte, berührte ihn ein Barista namens Danny an der Schulter. »Bist du Dscholo? Dein Iced Matcha mit Honig und Lavendel ist fertig.« »Oh, danke dir.« Auf dem Tresen wartete ein halber Liter gekühlter grüner Tee mit Mandelmilch und Eis im Plastikbecher auf ihn. Nach dem ersten Schluck aus dem Dscholo-beschrifteten Becher fühlte sich Golo gleich gewappneter für den unvermeidlichen Small Talk, der ihm bevorstand.

Er hörte für einen Moment den Menschen zu, die sich im kühlen Innenraum für kurze Zeit vor der Vierzig-Grad-Hitze draußen versteckten. Die schönen Melrose-Menschen sprachen über Körperpflegeprodukte, die sie letztens gekauft hatten, oder über den neuen Film, den Pedro Pascal gerade in Venice drehte, oder über Colman Domingos letzte Schönheitsoperation oder über den Tod von Elon Musk. Gerade als Golo genug gehört hatte, drang ein erneutes »Dscholo?« aus der Außenwelt in sein Bewusstsein hinein.

»Das ist Mayla – meine Tochter.«

Sechste Szene

Beverly Hills

Ernst Lubitsch. Wie er an seinem Klavier sitzt, der Kopf hochrot vom Bourbon auf Eis. Die Finger gespreizt, ein paar Millimeter über der Tastatur, der Rücken zu einem Buckel gekrümmt. Das hatte Billy vor seinem inneren Auge, während er sein Auto durch Beverly Hills lenkte, der Arbeit entgegen.

Er war entschlossen. Heute würde er die verbleibenden Rätsel, die ihm sein Drehbuch stellte, endgültig lösen und die verbliebenen Schwachstellen ausmerzen. Es war ihm schon dann glasklar gewesen, als ihm morgens um sieben Uhr fünfzehn bei der Morgenwäsche eingefallen war, dass seine Figur Walter Neff am Ende des Films sterben musste. Er hatte im Wasserdampf gestanden und sich den Rücken abgeschrubbt, als er das Grauen, mit dem er das Publikum aus dem Bann der Leinwand entlassen wollte, ganz haargenau an sich selbst gespürt hatte. Er wollte, dass die Leute so empfanden wie er beim Duschen, während sie aus dem Kino strömten und zurückkehrten in ihren Nine-to-five-Alltag und zu den neuesten Nachrichten der US-Boys in ihren Bombern über Deutschland sowie auf dem Boden der Westpazifikinseln.

Es war furchtbar. Chandler war furchtbar. Es war nicht so, als würde Billy diesen schlecht gealterten Proletarier-sohn verachten, der offensichtlich kein Zuhause hatte und von Los Angeles genauso wenig hielt wie von sich selbst. Ein bisschen vielleicht. Vor Süchtigen verlor er schnell den Respekt, das musste er zugeben. Dabei hatte Billy Lust gehabt, einmal mit Chandler zusammenzuarbeiten. Als er dessen *The Big Sleep* gelesen hatte, hatte er sich ab und an sogar vor Freude schütteln müssen. Wie großartig Chandler darin war, mittels eiskalter Sprache eine absolut greifbare Atmosphäre in Billys Brust heraufzubeschwören. So einzigartig gearbeitet waren die düsteren Fälle des Privatdetektivs Philip Marlowe, so lebendig das nächtliche Los Angeles, von dem Chandler erzählte. Im Sog seiner Geschichten fiel Billy kaum auf, dass Raymonds Plots hauchdünn waren und manche seiner Erzählfäden im Nichts versandeten.

Ziemlich offensichtlich war Raymond deshalb hier in Hollywood, wo die Chefs der Studios von ihren angestellten Schreiberlingen eine strikte Disziplin im richtigen Aufbauen und Auflösen der Handlungsstränge einforderten, ganz und gar falsch. Und weil er dies selbst auch schon kurz nach Beginn ihrer Zusammenarbeit festgestellt hatte, empfand Billy Raymond trotz der für ihn zutiefst beeindruckenden Konsequenz, mit der dieser das Boshafte im Menschen einfing, als grausigen Co-Worker. Und ein schlimmer Alkoholiker war er obendrein.

»What would Lubitsch do?« So stand es seit Jahresbeginn auf einem rot-weißen blechernen Schild über seinem Arbeitsplatz am 9538 Brighton Way in Beverly Hills, das vor nicht allzu langer Zeit noch Brachland gewesen war. Erst in den letzten zwei oder drei Jahren hatte es sich dank ausgeklügelter Bewässerungsmaßnahmen zur bevorzugten Wohnadresse der Filmschaffenden entwickelt. Natürlich gab es überdies auch weitere Standortvorteile, die ebenfalls den Bau von Jahr für Jahr mehr imposanten Villen mit großzügigen Swimmingpools begünstigten. So war man von hier schnell in den Hills und am Meer. Mit dem Automobil brauchte man keine halbe Stunde.

Vor allem aber lebte der Herr Lubitsch ebenfalls hier – und natürlich wollte Billy seinem Idol so nah sein wie nur möglich. Auch wenn er eigentlich nicht abergläubisch war, nahm er an, er müsste sich in einer körperlichen Nähe zum Großmeister befinden, um es auch nur annäherungsweise künstlerisch mit ihm aufnehmen zu können. Niemand war besser darin, das Komödiantische aus der ewigen menschlichen Tragödie herauszuarbeiten, als dieser große Berliner, dessen war sich Billy gewiss. Ob er nun mit Greta Garbo in *Ninotschka* auf die Widersprüchlichkeiten des Kommunismus schoss oder mit *Sein oder Nichtsein* den natürlich zum Scheitern verurteilten und gerade deshalb, wie Billy fand, absolut heroischen Versuch unternahm, die Nazis zu töten, indem er sie lächerlich machte – sein Freund Ernst fand zu jedem Thema die besten Punchlines. Und in Lubitschs Mizzi hatte er sich damals als Jugendlicher in Wien ja sogar völlig ernsthaft und Hals über Kopf verliebt. Und das, ohne ihre Stimme zu kennen. Wenn der Krieg vorbei war, ja, dann würde er auf jeden Fall nach Wien zurückkehren und dort ein Remake von *The Marriage Circle* drehen. Wer würde wohl seine Mizzi werden?

Billy stöhnte. Erst mal musste er wohl oder übel die leidige Zusammenarbeit mit Raymond hinter sich bringen. Er war sich sicher: Seine besten Drehbücher lagen noch vor ihm, und wenn er sich nur weiter an sein Idol hielt, dann würde er dieses früher oder später übertreffen. Aber was war das jetzt noch mal für ein Lied gewesen, das Lubitsch auf dieser wunderbar dekadenten Party in seiner Villa gespielt hatte? Billy vernahm eine schüchterne Automobilhupe.

Die Ampel war längst auf Grün gesprungen. Billy legte einen Gang ein, lenkte sein blitzendes schwarzes Pontiac Convertible von der La Cienega runter und auf den Melrose Boulevard. Er vergaß, den Blinker zu setzen. Noch fünf Minuten bis zur Parkgarage, dann fünf weitere Minuten zu Fuß, 48 Treppenstufen, ein Griff in die Revers-Tasche, zwei Umdrehungen im Sicherheitsschloss und dann zumindest ein paar Stunden lang: nur das Skript und er.

Billy lebte für diese ephemeren Perioden intensivster Schaffenskraft. Nicht so sehr für die Einsamkeit. Aber für die Fertigstellung von *Double Indemnity* brauchte er sie, da Chandlers pures Dasein jedwede Kreativität aus seinem Geist saugte.

Er brauchte den Spaß, den Überschuss, den Elan und

das gedankliche Herumtigern genauso, wie er die Präzision schätzte. Raymond, zumindest in dieser Phase seines mittellangen Lebens, mochte nichts davon. Chandler war also, man konnte es nicht anders sagen, ein erhebliches Hindernis für Wilder, der hoffte, im kommenden Jahr endlich zum ersten Mal von der Academy of Motion Pictures Arts and Sciences für seine Arbeit honoriert zu werden.

Billy hatte glücklicherweise einen Plan. Damit aus dem Kriminalroman von James Mallahan Cain seinem übel miefenden Partner zum Trotz ein Film werden würde, der das Publikum gleichermaßen schockt sowie mit einer Welle der Selbsterkenntnis überschüttet, benötigte es absolute Disziplin. Jeden Morgen arbeitete er an der grundsätzlichen Struktur des Skripts, an den Wendepunkten und den geschliffenen Punchlines der einzelnen Szenen. Wenn dann gegen Nachmittag sein miesepetriger und meistens bereits volltrunkener Schreibpartner den Raum betrat, war ein beträchtlicher Teil der Vorbereitung dessen, was Billy in ein paar Monaten Barbara Stanwyck und Fred MacMurray spielen lassen würde, bereits zu Papier gebracht. Jesus, er konnte den Dreh kaum erwarten.

Billy schaltete in den ersten Gang runter, um in den Brighton Way einzubiegen. Ein letztes Mal versuchte er, sich des Liedes zu entsinnen, das Ernst neulich im Vollrausch gespielt hatte. Eines seiner vielen eskalierten Feste war das gewesen, ein willkommenes Ablenkungsmanöver für die vielen Ex-Deutschen in Los Angeles während der sich zäh voranschleppenden Kriegsjahre.

Irgendwann nach einem verspäteten Mitternachtsimbiss, bestehend aus Kassler, Buletten, Königsberger Klopsen und Filterkaffee, war Fritzi Massary in sein Leben getreten. Die versammelte Hautevolee bestand aus diversen Gestalten, die in der Berliner Kulturindustrie irgendwer und irgendwas gewesen waren und die nun unter großer Anstrengung und zumeist vergeblich versuchten, in Hollywood Anschluss zu finden. Niemand war an diesem Abend hungrig gewesen, erinnerte sich Billy, als er den Motor seines Pontiac abschaltete. Aber der vollends angezündete Lubitsch hatte nichtsdestotrotz darauf bestanden, auftischen zu lassen, was seine Küche hergab.

»Mensch, Billy, reiß dich zusammen«, sagte er in Zimmerlautstärke zu sich selbst, während er schlurfenden Schrittes das Parkhaus verließ. Keine Menschenseele hörte ihn. Immer dieses Abgeschweife, ob das wohl mit dem Alter noch schlimmer werden würde? Er sah, wie eine junge Frau geraden Schrittes auf ihn zuging – und machte sich bereits auf eine Autogrammjägerin gefasst.

Fritzi hatte den alten Lubitsch nämlich dazu aufgefordert, mit ihr ein paar Lieder zu singen. Fritzi Massary, die in einem früheren Leben in Wien Friederike Massaryk geheißen hatte. Mit ihrem Umzug nach Berlin war sie die größte Operettensängerin am Firmament geworden. 1932 hatte sie bei einem Konzert »Eine Frau, die weiß, was sie will« gesungen, dann hatte eine SA-Abordnung die Aufführung mit »Judensau«-Sprechchören niedergebrüllt.

Alle Exil-Deutschen mit Einfluss wünschten sich,

dass Fritzi auch in Los Angeles ein Star wurde. Nicht nur Lubitsch, sondern auch Feuchtwanger und Mann. Aber Fritzi wurde seit jenem schicksalhaften Abend in Berlin-Charlottenburg bis an ihr Lebensende von Erstickungsanfällen überrollt, sobald sie eine Hinterbühne betrat. Und so war jener Auftritt mitten in der Nacht bei Ernst zu Hause der letzte große ihres Lebens gewesen.

Scheinbar plötzlich stand die mutmaßliche Autogrammjägerin direkt vor ihm. »Mr Wilder, ich habe nach Ihnen gesucht«, sagte Hedi und kratzte sich dann mit dem linken Zeigefinger ein paar Fingernagelpartikel vom rechten Daumen. Sie stoben in Zeitlupe davon. »Das passiert mir häufiger«, antwortete Billy, und ihm fiel auf, dass sämtliche Fingernägel seines Gegenübers angeknabbert waren. »Ich habe Sie einmal in Berlin in der U-Bahn gesehen.« Hedi sah, wie Billys abgezockte Fassade der Männlichkeit einen klitzekleinen Riss abbekam. »Auf einem Werbeplakat für Herrenhüte? Das bin ich nicht, das ist Heinz Rühmann. Sie müssen mich verwechseln. Meine Filme werden nicht im sogenannten Führerhauptquartier gezeigt. Guten Tag!«

Während Billy seinen Fedora mit blauem Hutband lüftete, schaute er Hedi zum ersten Mal direkt an. Sie trug einen rot gefärbten Overall. Das Kleidungsstück aus Denim irritierte Billy. War es, weil die Frauen in Hollywood, auch die, die in den Dreißigern aus Europa hier eingewandert waren, sich anders anzogen? Kleider, immer Kleider, manchmal Röcke, aber maskulin konnotierte Kleidung, Arbeiterkleidung, hatten sich die Frauen vor Jahren abgewöhnt.

Siebte Szene

Westwood

Nur einen kurzen Moment nachdem sie ihre Augen geschlossen hatte, spürte Hedi eine Präsenz. Sie saß am Fuße eines überdurchschnittlich großen Josua-Baumes. Über ihr ein vieldeutiger Sternenhimmel. In einigen Metern Entfernung befand sich eine Gestalt, die im Schneidersitz über einem ausgedörrten Boden zu schweben schien. Sie erinnerte Hedi an die Person auf einem Foto, das sie einmal gesehen hatte. Die Gestalt sah Hedi an. Oder blickte sie durch sie hindurch? Hedi versuchte, Kontakt aufzunehmen, aber ihre Worte wurden verschluckt. Die andere bewegte sich nicht, es war, als würde sie nicht einmal mit der Wimper zucken.

Hedi beschloss aufzustehen. Wenn die Gestalt offenkundig kein Interesse daran hatte, mit ihr zu sprechen, dann würde Hedi jetzt gehen. Als sie sich umdrehte und versuchte, den ersten Schritt zu laufen, stand ganz plötzlich Golo vor ihr. Zumindest dachte Hedi, es müsse Golo sein. Auch wenn seine Haare länger waren, als sie sie in Erinnerung hatte. Und auch mit seinem Gesicht stimmte irgendetwas nicht. Nur was? Sie konnte es nicht greifen.

Hedi sagte: »Was machst du hier?«

Golo sagte: »Was machst du hier?«

Dann wurden sie beide von der nächsten Welle weggespült.

Als Hedi die Augen wieder öffnete, war Golo immer noch da. Tränen kullerten seine Wange herunter. Beide schwiegen. Sie spürte seine Scham und war verwundert darüber, dass sie nicht wütend war. Hätte sie nicht eigentlich jeden Grund dafür? Trotzdem wollte sie ihn jetzt in den Arm nehmen, ihn halten, so lange, bis er aufgehört hatte, Tränen zu vergießen, dann mit ihren Küssen jeden Tropfen Salzwasser von seinem Gesicht lösen, jeden Zentimeter seines Körpers ertasten und berühren, ihre Haut an seine legen und ihm so nahekommen, wie es ging. Es explodierte ein Stern. Weder Hedi noch Golo sahen den verglühenden Meteor.

Dann spürte Hedi die sanfte Schwere der Satinbettwäsche auf ihrem Körper. Sie wand sich einmal, zweimal von links nach rechts und zurück, bevor sie versuchte, ihre Augen zu öffnen. Es fiel ihr schwer, den Schlaf abzuschütteln. Sie vergrub ihr Gesicht ins Kissen. Hedi blieb so liegen, in der Hoffnung, den Traum zurück in ihr Bewusstsein zu holen, doch der Versuch misslang. Ihr Herz puckerte zu schnell, als dass sie jetzt wieder einschlafen könnte. Langsam strömte ihr Bewusstsein durch die Synapsen, und als sie schließlich vollends erwacht war, realisierte sie, dass sie nicht die geringste Idee hatte, wie sie in ihr Bett gekommen war.

Vor ihr tat sich ein graues Nichts auf. Hedi atmete gemächlich durch die Nase ein, schob mit den Beinen die Bettdecke von ihrem Körper und drehte sich auf den Rücken, während sie durch den Mund ausatmete. Es roch nach einem weiteren heißen Tag. Sie nickte kurz der einsamen *Parasteatoda tepidariorum* zu, die seit einem knappen Monat eine Ecke ihrer Decke bewohnte. Ab und an blieb Hedis Blick an ihrer Hausspinne hängen. Dann konzentrierte sie sich, so lange sie konnte, darauf, wie diese ihr Netz baute. Als sie nach Los Angeles gekommen war, hatte Hedi ihre Social-Media-Profile gelöscht. Von einem Tag auf den anderen war sie diesen radikalen Schritt gegangen, als hätte sie Golo sagen wollen: »Siehst du, ich bin nicht süchtig.« Dabei war Golo nicht bei ihr.

Es war das erste Mal seit einer Weile, dass er ihr im Schlaf erschienen war. So real hatte sich ihre Begegnung noch nie angefühlt. Als Hedi gerade mit dem kleinen Finger in ihrer Nase popelte, blieb ihr Blick an ihrem Lieblingsring hängen. Auf einer schlanken Ringschiene aus Sterlingsilber prangte ein dreidimensionales Herz. Golo trug fast dasselbe Stück, nur zwei Ringgrößen massiver und am Mittelfinger.

Sie ließ ihre Füße auf den Zimmerboden gleiten. Sie verließ ihr Schlafzimmer, schloss die Tür hinter sich, und die Hausspinne, der Hedi den Namen Hermione gegeben hatte, begann die Arbeit an einem neuen Faden ihres Netzes. Schon bald würde sie etwas fangen, zumindest eine kleine Mücke.

Hedi zog sich aus. Ihre geblümten Schlafshorts und das »I love Berlin«-T Shirt, das Golo ihr zu ihrem zweiten Date geschenkt hatte, legte sie jeweils einmal gefaltet auf den Spülkasten. Bevor sie den Duschvorhang wegzog, um in die Badewanne zu steigen, beschaute Hedi ihre Spiegelung. Sie fand: Sie sah so gut aus wie lange nicht. In Los Angeles hatte ihr Teint jenes Niveau an Sonnenbräune erreicht, mit dem sie sich am attraktivsten fand. In Berlin war ihre Haut immer ein wenig blasser, ihr Haar dunkler. Sie fand sich aufrichtig schön. Ob es wohl nur etwas mit äußerlichen Merkmalen zu tun hatte? Oder war es auch deshalb, weil sie auf der Straße stärker die interessierten Blicke Fremder auf sich spürte, seit Golo nicht mehr an ihrer Seite war?

Hedi fragte sich, wie sie in ihr Bett zurückgefunden hatte. Ob Mayla sie wohl nach Hause gebracht hatte, nachdem sie während der Zeremonie offenbar eingeschlafen war? Gleich nach dem Duschen würde sie sie anrufen.

Sie starrte einen Moment lang auf die eierschalenfarbenen Art-déco-Type-Keramikkacheln, die entweder tatsächlich hundert Jahre alt waren – oder sehr gut auf Vintage gemacht. Hedi drehte das Wasser auf. Erst kalt, dann warm, den kalten Hahn etwas stärker als den warmen. Weil sie etwas tollpatschig war, hatte sie sich unter dieser Dusche einmal so stark die Fußspitzen verbrannt, dass Hedi vor Schreck beinahe links über den Badewannenrand gefallen wäre – in den Vorhang hinein und direkt auf die Fußmatte. Als Hedi sich nach links drehte, wodurch das nun lauwarme Wasser ihr direkt ins Gesicht strömte, schloss sie Augen und Mund. Sie fühlte sich so, als wäre der Duschkopf die Sonne und der relativ drucklose Wasserstrahl die Sonnenstrahlen, die langsam ihren Körper erwärmten und alle Unruhe aus ihren Muskeln weichen ließen. Just in dieser absoluten Entspannung ereilte sie eine mediokre Erkenntnis, die sie fortan eine Weile begleiten würde.

»Deutschland ist grausam – und dort zu leben war immer so real, und Realität ist schmerzhaft. Weil es, wenn du zu viel davon hast, keinen Platz mehr für Träume gibt. Deshalb sind die Menschen dort so hart, so klein, so gebückt – und so versessen darauf, Angst zu haben. Keinen Fick zu geben – das geht doch in Deutschland einfach nicht. Hier … hier sind die Menschen einfach anders. Oder? Träumende, Entrückte. Lieber extrem scheitern als gemäßigt gewinnen, oder, Hedi?«

Sie war genau richtig hier, in den Vereinigten Staaten von Amerika, dem vielleicht widersprüchlichsten aller Länder, auf jeden Fall gemessen an den zwischen zehn und zwanzig Nationen, die sie in ihrem Leben bislang bereist hatte. Nein, Hedi war nicht ignorant. Ihr war bewusst, dass die Existenz dieses Staates unwiderruflich mit der Vernichtung von Menschenleben zusammenhing. Ebenso war sich Hedi im Klaren darüber, dass sie ein Glückskind war – trotz allem Schlechten, was ihr in ihrem bisherigen Leben geschehen war.

Zum wiederholten Male fühlte sich das Leben für Hedi dennoch so an, als würde sie unfreiwillig an einem Formula-E-Rennen in Monaco teilnehmen. Sie, Hedi, in einem aerodynamischen Chassis aus recyceltem Karbon, 600 kW Leistung, 840 kg Gewicht – schnell, aber gänzlich ohne

Bewegungsspielraum für die Fahrerin. Der Flitzer jagt mit 322 Kilometern die Stunde durch die Gassen des Fürstentums und Hedi mit ihm. Wie fremdgesteuert dreht sie ihre Runden, immer schneller, immer schneller, zwischendurch mal abbremsen und in die Kurve im richtigen Winkel hinein, auf dass sie auf der nächsten Geraden rasch wieder auf Höchstgeschwindigkeit beschleunigen konnte. Und sie war ja gut darin. Aber an Tagen wie diesem spürte sie in sich wieder etwas. Einen elektrischen Impuls, der in Hedi den Wunsch weckte, die Streckenbegrenzungen niederzureißen und ihren Boliden mitten ins Casino de Monte-Carlo zu lenken, sämtliche Roulette-Tische wegzufegen, in eine Säule zu crashen und dann völlig lädiert aus dem E-Mobil zu krabbeln – körperlich zerstört, aber: frei. Frei von allen Streckenbegrenzungen, die ihr die Gesellschaft, ihr Körper und ihr eigener Kopf auferlegt hatten.

Nach dem Duschen saß Hedi auf einem von zwei rosafarbenen Stühlen aus einem fließend geformten weichen Stück Kunststoff mit Füßen aus Schweizer Eichenholz an ihrem kleinen, schmucklosen Küchentisch. Vor sich ein Glas Wasser, in der Hand ihr Tablet. Sie hatte sich mit ihrem Umzug nach Los Angeles eine strikte Disziplin für den digitalen Raum verordnet. Hedi nutzte das Tablet zum Lesen von Nachrichten und journalistischen Artikeln – und ausschließlich dafür. Das Telefon war nur zum Telefonieren da, Kurznachrichten schrieb sie keine mehr, und Filme sah sie auf der Smart-TV-Box. Hedi ging es gut damit. Sie nahm täglich ein Buch in die Hand. Sie hatte andauernd neue

Ideen. Und manchmal vergaß sie sogar für einen Moment die Welt, die sie umgab.

Gerade las Hedi auf einer Website einen Essay, den ein gewisser Ravi »Turiya« Davis verfasst hatte. Musiker sei er gewesen, verriet das Internet. Einst habe er auf den Namen André gehört, aber das war nun mal Vergangenheit. »Sat-Chit-Ananda« stand in der Überschrift. Es begann mit einer Geschichte aus dem mutmaßlich wahren Leben des Autors. Vor einiger Zeit, nach dem Ende einer sehr wichtigen Beziehung, hatte seine Angewohnheit, täglich Marihuana zu rauchen, überhandgenommen. Die Abhängigkeit verstärkte seine bereits vorhandene Neigung zur Depression, sodass Davis sich für eine sehr lange Zeit von der Gesellschaft zurückzog. Nach eigener Aussage war er dabei einem tatsächlichen Verschwinden so nahe gekommen, wie er es nie für möglich gehalten hatte.

Er hatte sich in seinem Häuschen in Venice Beach verkrochen. Statt Woche für Woche zweimal die dreißig Minuten zu Fuß zur örtlichen Filiale von Erewhon zu gehen, bestellte er seine biologisch vertretbaren veganen Lebensmittel und die auf Palo Santo basierenden Pflegeprodukte für seine ölige Haut per App. Dreißig Minuten später klingelte dann zumeist ein junger Mensch namens Keyshawn an seiner Tür. Ravi ließ ihm stets ein großzügiges Trinkgeld zukommen. Erewhon war ein Unternehmen, das die Trinkgelder tatsächlich vollständig an die Dienstleistenden weiterreichte, was André positiv darin bestärkte, trotz der teilweise dreisten Preisgestaltung ausschließlich dort zu bestellen.

Hedi unterbrach die Lektüre für die Zubereitung eines Kaffees. Während die Maschine blubberte und das Wasser erhitzte, vollzog sie auf dem nackten PVC-Fußboden ein paar einfache, aber kennerische Yoga-Dehnungsübungen für den Rücken. Als der Kaffee schließlich dampfend vor ihr stand und der erste große Schluck ihren Puls zu beschleunigen begann, nahm sie sich den zweiten Teil der Story vor. Hedi fragte sich während der Lektüre immerfort, wie wohl Andrés Lieder klangen. Trotzdem widerstand sie dem inneren Drang, parallel zum Lesen dessen Musik zu streamen.

André hatte sein Zuhause seit achtundvierzig Tagen nicht verlassen, als er an einem verregneten Februartag den Fernseher anschaltete, um eine Serie zu schauen. Nach einigen Minuten sensorischer Überforderung wählte er schließlich eine aus, die ihn zunächst heftigst verstörte. Inzwischen denke er, die Serie sei mehr als nur »must-see TV«. Sie sei nicht nur eine tatsächlich raffinierte Reflexion weißer Hollywoodleute über ihr »Weißsein«, sie veränderte en passant sein Leben.

Ravi »Turiya« Davis beschrieb, dass er die drei zentralen Charaktere, ein weißes Ökounternehmerinnen-Ehepaar und einen Reality-TV-Regisseur, sofort zutiefst verabscheute. Es sei lange her gewesen, dass er derart intensive Gefühle für fiktive Figuren gehabt habe. Hedi las weiter.

»Während Whitney einen Monolog nachsynchronisiert, fängt die Kamera Asher, ihren Ehemann, ein. Als die Kamera Asher langsam, sehr langsam näher und näher rückt, wir also gezwungen sind, sein Mienenspiel peinlich genau zu beobachten, ertönen atmosphärische Synthies. Irgendwann setzen auch noch Streicher ein. Eine Frauenstimme beginnt, auf Sanskrit zu singen. Ich greife nach meinem Telefon und identifiziere das Lied. Es ist das Stück ›Turiya Sings‹ von Alice Coltrane.«

»Alice Coltrane«, wiederholte Hedi den Namen laut, bevor sie weiterlas. Warum kam er ihr bekannt vor? Sie füllte sich Kaffee nach und beugte sich wieder über das Tablet. Draußen wurde es Mittag.

Davis sei von Coltranes Liedern, von diesen Hymnen, so sehr bewegt gewesen, dass er schwor, alles über jene Aufnahmen herauszufinden. Während er immer wieder die zutiefst andächtigen Stücke hörte, versuchte er, Coltrane näherzukommen. Früher hatte er zu ihrem Werk nie Zugang gefunden. Aber jetzt las er alles über Alice, über ihre Musik, über ihre Familienleben, über den Tod von John, ihrem berühmten Mann, dessen Leber am 17. Juli 1967 ihren Dienst einstellte. Ebenso vernahm Davis, dass John für Alice vor seinem Tod eine besonders prächtige und große Konzertharfe bestellt hatte. Das Instrument erreichte sie Wochen nach seinem Tod. Hedi stieß einen Seufzer aus. Er war so laut, dass die Spinne im Nebenzimmer zusammenzuckte.

Als die Harfenistin Alice Lucille Coltrane ihren Mann und mit ihm auch ihren wichtigsten Spielpartner verlor, begann für sie ein langer Weg der Trauer. Er führte sie weit weg von den Lehren der protestantischen Kirche und hin zum Hinduismus. Fünf Jahre nach Johns Tod zog Alice dann mit den Kindern von der East- an die Westcoast, um das Weltliche hinter sich zu lassen und nahe Calabasas schließlich den Santi Anantam Ashram zu gründen. Sie wurde selbst eine Predigerin, die vedische Zeremonien abhielt, die Zeitzeugen zufolge das schönste sensorische Erlebnis waren, das es jemals auf unserer Erde gegeben hat. Alice Coltrane, so sagte man, und so sagte auch sie selbst, bekam ihre spirituellen Ratschläge auf direktem Wege von Gott selbst.

Hedi war warm geworden, und sie fühlte sich etwas schwammig. Sie zog ihr Oberteil aus, roch kurz, aber tief an ihren Achseln, die an solchen Tagen wie im Ofen angebrannter Brokkoli dufteten. Das fand zumindest Hedi selbst. Sie zog das fliederfarbene Rollo ganz herunter. Dann suchte sie in ihrer Musik-App nach »Turiya Sings«. Die ältere Frau auf dem Cover, gemalt in Lila, um sie herum ein Heiligenschein, ihr Blick entschlossen in die Ferne gewandt, was hatte sie Hedi zu sagen? Die Wärme verwandelte sich in etwas Wohliges. Als Mrs. Coltranes Stimme in ihrer Küche ertönte, fühlte sich Hedi sofort in all ihren Sorgen erkannt.

Während das Lied »Jagadishwar« aus der Box ihres Tablets strömte, las sie, dass Coltrane, die sich inzwischen Swamini Turiyasangitananda, kurz: Turiya, nannte, die Gesänge in einer ununterbrochenen Fünfzehnstunden-Improvisation aufgenommen hatte. Nur Turiyas Stimme und ihr Spiel auf einer kleinen Wurlitzer-Orgel. Alice Coltrane hatte ihre Reise zu den Fundamenten der Trauer mit dieser Session abgeschlossen. Und für Ravi Davis wurde Coltrane mit ebendieser Aufnahme zu seiner persönlichen Prophetin.

Er hatte inzwischen eine kleine Anzahl von Menschen

gefunden, die Turiya ähnlich vergötterten, und gemeinsam hatten sie eine Gruppe gegründet, die ihr zu Ehren improvisierte Songs mit Windinstrumenten aus aller Welt aufnahm. Seine Synapsen öffneten sich dadurch auf eine Weise, die Davis trotz seiner Erfahrungen mit diversen Ganja Strains nicht erwartet hätte. Einmal, im Rahmen einer Ayahuasca-Zeremonie, hatte er sich gar in einen schwarzen Panther verwandelt. Aber das sei überhaupt nicht der Grund für diesen Text, für all diese Worte, so Davis. Vielmehr wolle er der Welt zeigen, dass in dem Werk, in den Worten und vor allem in den Klängen Turiyas der Weg zur Erlösung gewiesen werde. Er behauptete, es gebe einen Weltgeist, eine Präsenz, die alle Menschen zusammenhalte und von allen Individuen, die zu dieser Zeit existierten, gesteuert wurde, aber eben auch sie steuere. Zweifellos würden gerade Menschen in aller Welt an Krieg denken, sich eine Implosion oder Explosion des Bestehenden förmlich herbeisehnen.

Vielleicht sei es so, dass der Weltgeist deshalb gerade den Kriegen entgegenstrebe, ganz gleich wo auf der Welt. Es sei nicht von der Hand zu weisen, bei all den zivilen Opfern, die dieses Jahr bereits über unsere Bildschirme geflimmert seien – nur um sich wenig später in nichts aufzulösen. Aber es sei nicht alles verloren. Er, der dies geschrieben hatte, sei sich sicher, dass die Geschichte keine Einbahnstraße sei, dass ein einmal eingeschlagener Pfad verlassen werden könne, und dafür plädiere er. Jeder Mensch, der den Pfad des Krieges verlasse und dafür den beschwerlichen, staubigen Weg zum Frieden beginge, würde dabei helfen, den Weltgeist zu besänftigen, und damit den Einzelnen wie auch die Gemeinschaft aller Menschen beruhigen. One person at a time. Hedi schaltete das Display des Tablets aus. Und Turiya sang.

»Jaya Rāmacandra bandha vimocana
Jaya Rāmacandra jaya rājēndra Rāma
Jaya Rāmacandra bandha vimocana
Jaya Rāmacandra jaya rājēndra Rāma
Jaya Rāmacandra jaya rājēndra Rāma
Jaya Rāmacandra jaya rājēndra Rāma«

Dritter Akt

Erste Szene

West Hollywood

Golo rieb sich den Bauch mit Sonnencreme ein. In langsamen, kreisenden Bewegungen massierte er die kleinen Fettpölsterchen so lange, bis die Creme eine weiße, undurchdringliche Schicht auf seiner Haut bildete. Am Morgen war er mit stechendem Sodbrennen aufgewacht, sein Bauch fühlte sich verkrampft an.

Die Schmerzen verwunderten Golo. Damals, zu Hause in Berlin, hatten sie ihn immer dann übermannt, wenn ihn sein Körper hatte warnen wollen. Vor zu viel Mühsal, vor einem ganzen Berg an Problemen und auch vor negativer Energie.

Es hatte begonnen, kurz nachdem er seinen dreißigsten Geburtstag gefeiert hatte. Golo hatte geglaubt, diese Lebensphase hier in Los Angeles hinter sich gelassen zu haben. Er blickte im Spiegel in sein eigenes Antlitz. Während er nun auch seine Brust mit Creme bedeckte, blinzelte er zweimal und fragte sich dann, ob die Rückkehr des Reflux in seinen Alltag mit seinem Traum in Verbindung stehen könnte.

Er hatte eine ausgiebige kalte Dusche genommen. Sein Duschgel und sein Shampoo stammten beide aus der Reihe »Head of Roses«, eine gewagte Referenz auf Salvador Dalí. So roch er jetzt nach Kakaobutter, Rosmarin, Kamille, Sandelholz und Rosenblüten. Aus seiner Bluetooth-Box strömte ein Lied von Father John Misty. »A perfect lie can live forever. The truth don't fare as well. It isn't perched on lips mid-laughter. It ain't the kind of thing you tell.«

Hinter der Badezimmertür befand sich ein großzügiges Hotelzimmer, dessen bräunlicher Teppich in Verbindung mit dem Mid-Century-Mobiliar und der blassrosa Tapete elegant an die mutmaßliche Glanzzeit Hollywoods gemahnte. Durch die bodentiefen Fenster ließ sich der Hotelpool begutachten. In ihm planschte ein einsamer Nachwuchsschauspieler mehr, als dass er schwamm. Hinter dem Badenden erstreckte sich ein scheinbar unendliches Tal bis in den Horizont. Millionen und Abermillionen von Haustieren, Ratten, Vögeln, Kojoten und von Menschen des 20. Jahrhunderts gepflanzte Palmen lebten in der dicht besiedelten Steppe. Die Ratten brachten ihren Nachwuchs hier in Los Angeles nicht in der Kanalisation zur Welt, sondern in den Kronen der Washingtonpalmen. Zumindest hatte Golo mal irgendwo gelesen, dass es so war.

In seinem Traum hatte es nach Kuhstall gerochen, und Golo war dem Odeur gefolgt. Er war eine hölzerne, bei jedem Schritt knarzende Treppe hinuntergetapst. An ihrem Ende erwartete ihn die Schäferhündin Hexi. Das erste Tier, das sein Kinderherz erobern konnte. Hexi hatte Freunden seiner Familie gehört, die im fernen Kärnten lebten. Bis er zwölf war, waren seine Eltern einmal im Jahr auf deren Hof gefahren, um im Hochwurzen Ski zu fahren.

Aber in seinem Traum war Golo kein Kind mehr. Er steckte in seinem Erwachsenenkörper. Wahrscheinlich. Mit Sicherheit konnte er das natürlich nicht sagen, ohne in den Spiegel zu schauen. Hexi, die schon lange nicht mehr lebte, hechelte Golo freundlich an. Er fand, dass sogar der Mundgeruch des Hundes nach Heu und Kühen roch. Golo flüsterte »Sitz« und »Bleib«. Hexi legte sich wieder in ihr Hundebett, und der erwachsene Golo schlich durch das finstere Erdgeschoss zur Haustür. Um das Haus zu verlassen, musste er einen hölzernen Bolzen auf die Seite schieben. Als er dies tat, hörte er etwas hinter sich, es musste Hexi gewesen sein. Aber die lag ganz ruhig da. Golo schaute in die Küche hinein, deren Tür halb offen stand.

Sein Atem versagte ihm augenblicklich. Da stand ein Mann mittleren Alters. Er trug Jagdklamotten und blickte ins Leere. Eigentlich hätte er Golo sofort entdecken müssen, aber sein ganzer Körper schien versteinert. Golo fiel auf, dass etwas mit diesem Menschen nicht stimmte. Da, wo sein rechtes Ohr hätte sein sollen, befand sich eine riesige Wunde, ein fleischiger Krater, aus dem Blut tropfte. Golo entdeckte das Repetiergewehr in der Hand des Mannes, ein Mannlicher Modell 1895. Dann tauchte Hexi wieder hinter ihm auf, biss ihm in die Schlafhose und begann, an seinem Bein zu zerren.

Plötzlich befand sich Golo vor der Scheune. Er hörte aufgeregtes Muhen. Das Tor stand offen. Der Hahn krähte. Die Sonne ging auf. Die Luft war feucht, und Golo setzte einen Fuß vor den anderen. Er war jetzt im Inneren. Er sah Oma Christel. Sie erschien ihm so wie damals, als Golo noch ein Kind gewesen war. Irgendwie alt, gleichzeitig ruhig und energisch. Sie trug eine rote Strickjacke über ihrem blau-weiß gestreiften Pyjama und sagte:

»Was machst du, Golo?«

Er versuchte zu antworten, aber sein Mund blieb verschlossen.

»Du bist völlig verloren. Arbeitest als Liftjunge, bist allein in Los Angeles. Das ist nicht das Leben, das ich für dich im Sinn hatte.«

Golo wollte widersprechen. Er schaffte es nicht.

»Was mich am meisten bestürzt: Du hast Hedi im Stich gelassen. Komm zu Sinnen, Junge! Oder willst du dein Leben wegwerfen?«

»Ja, aber ich hab mir das doch nicht ausgesucht, es ist passiert«, dachte Golo und sagte es nicht.

»Du musst sie suchen. Du willst mich doch nicht enttäuschen?«

»Ich weiß gar nicht mehr, wer ich bin. Wenn ich den Körper berühre, in dem ich feststecke, denke ich: Wer ist das? Und ich renne so durch die Gegend, weil ich herausfinden muss, wo ich eigentlich abgeblieben bin. Wer bin ich, Oma?«

Golo war jetzt panisch, er atmete verknappt, warum sagte sie nichts mehr?

Mit dieser Frage im Kopf war Golo aufgewacht, glaubte er. Was bedeutete dieser Traum? Erinnerte er ihn noch vollständig, oder hatte er längst etwas Wichtiges vergessen? Golo spürte, dass etwas an eine Tür in seinem Kopf klopfte. Er würde schon noch herausfinden, was all das zu bedeuten hatte.

Er hatte sich mittlerweile angezogen. Seine burgunderrote Liftjungen-Jacke, auf die in Gold der Name des Hotels gestickt war, und die schwarze, etwas zu lange Smokinghose, dazu extraleichte Running-Turnschuhe, designed in Switzerland. Er sah auf seine Uhr, ein schmaler schwarzer Digitalzeitanzeiger. Noch sieben Minuten bis Dienstbeginn.

Als seine Pupillen etwas scharf stellten, was hinter seinem angewinkelten rechten Arm mit der Uhr daran lag, fiel sein Blick auf seinen Nachttisch. Neben der leeren Tasse aus schlankem Porzellan mit einem Beutel Kamillenblättern darin lag das Buch, in dem er vorm Einschlafen gelesen hatte. Seit er hier in West Hollywood war, schaffte er vor dem Einschlafen immerhin elf Seiten, statt wie in den Jahren zuvor in Berlin nur drei bis fünf.

Drei stilisierte Augen unter einem Schreibschrifttitel: *Amerika*. Die Kafka-Übersetzung ins Englische von Mark Harman hatte Golo sich bei einem seiner Spaziergänge auf dem Sunset Boulevard Richtung Pazifik hinauf gekauft, bei Book Soup, dem Buchladen, in dem die Kids vom EX-UCLA-Campus hingen, um nach neuem Material für ihre Lesekreise und Buchclubs zu suchen. Golo hatte bisher keine Zeit gehabt, sich ihr »X« anzuschauen. Und das, obwohl Mayla ihm mittlerweile bestimmt fünfmal eine persönliche Führung angeboten hatte.

Die Geschäfte bei Book Soup liefen so gut wie seit den frühen Neunzigern nicht mehr. Damals, als es für die widerspenstigen Geister jener Ära in Hollywood zum guten Ton gehörte, sich ein paar Taschenbuch-Bände von rebellischen Alkoholiker-Schreiberlingen in die Blazer-Tasche zu stecken, bevor man ein paar Meter weiter im Viper Room zu Live-Rockmusik pokerte, Drogen nahm und darüber diskutierte, welches das beste Led-Zeppelin-Album war. Heute waren Blazer und Bikerjacken durch auf dem Ex-Campus handgefertigte Shopper-Taschen aus Rattan ersetzt worden. Die meistgekauften Bücher dieser Tage waren die von Juan Rulfo, Bell Hooks, Kaveh Akbar, Julia Fox und eben Franz Kafka.

Golo las im Stehen eine Seite. »Denn auf Mitleid durfte man hier nicht hoffen, und es war ganz richtig, was Karl in dieser Hinsicht über Amerika gelesen hatte; nur die Glücklichen schienen hier ihr Glück zwischen den unbekümmerten Gesichtern ihrer Umgebung wahrhaft zu genießen.« Golo packte das Buch wieder beiseite. Er blieb vor der Tür seines Zimmers stehen. So macht er es jeden Tag: durch die Nase einatmen. Kurz die Luft anhalten. Sie dann durch den Mund wieder auspusten. Das Ritual wiederholte er neunmal, dann öffnete Golo die Tür. Sein Arbeitstag als Liftboy begann.

Seit seine Füße den Boden von Los Angeles berührt hatten, hatte er keine Zeile geschrieben. Das Dokument mit dem Titel »Niemand ist perfekt« war leer geblieben. Sein Geld, sein Erspartes: aufgebraucht. Glücklicherweise hatte ihm der Weltgeist genau dann einen Stups in die richtige Richtung verpasst, als die erste seiner zwei Kreditkarten am Limit angelangt war. Es war in Jumbo's Clown Room gewesen. Dort hatte er Mayla wiedergetroffen. Mayla aus dem Coffee Shop.

Als er am nächsten Morgen in seinem beige-braun eingerichteten Hotelzimmer erwacht war, weil die Klimaanlage muffig riechende kalte Luft in sein Gesicht pustete, konnte er sich an weniges erinnern. Er musste sehr viel getrunken haben. Golo hatte noch seine Klamotten angehabt und nicht einmal die Überdecke mit den stilisierten Sonnenblumen darauf vom Bett entfernt. Als er aufstand, hatte er in einer der Gesäßtaschen seiner 501er-Levis im 1947er-Schnitt eine Visitenkarte gefunden.

Auf die Vorderseite waren zwei Clownsgesichter gedruckt. Einer trug ein Hütchen mit einer fünfblättrigen Blume darauf und lächelte, der andere hatte die Augen in einem genießerischen Ausdruck geschlossen. Sein weiß bemalter Kopf war mit nichts bedeckt. Auf der Rückseite der Karte stand ein Name mitsamt zugehöriger Adresse, in einer Westernschrift mit teufelsroter Outline: Jumbo's Clown Room, 5153 Hollywood Boulevard, Hollywood, CA. Darunter hatte jemand in kindlich-geradliniger Handschrift etwas mit einem Kuli aufgeschrieben: »Sunset Tower. Frag nach Fran.«

Und in ebendiesem Sunset Tower arbeitete und lebte Golo seitdem. Ein schillernder Monolith südkalifornischer Art-déco-Opulenz, von dessen Fassade seit den Dreißigern des 20. Jahrhunderts Tiere, Pflanzen und Zeppeline auf den Sunset Boulevard hinabschauten. Sosehr die Zeiten sich gewandelt hatten, sie waren immer still geblieben. Keinen Mucks hatten sie gemacht. Auch nicht, als der Sunset Tower von mittlerweile verstorbenen Legenden bewohnt wurde. Und auch, als diese halbgöttlichen Menschen Partys feierten, Böses taten und Gutes drehten, blieben die Skulpturen schweigsam. Alles, was sie gesehen hatten, während der 195 Fuß hohe Sunset Tower den Wellen der Jahrzehnte trotzte, behielten sie für sich.

Nach den wirtschaftlich desaströsen Achtzigern war das ehemalige Apartmentgebäude in ein Hotel verwandelt worden. Und das lief so lange gut, bis vor ein paar Monaten das Geschäft mit den Übernachtungen in luxuriösen Betten eingebrochen war. Fran, der Berufsbezeichnung nach als maître d'hôtel tätig, hatte mit ihrer engelsgleichen Erscheinung die Bar des Sunset Tower geleitet. Nun hatte sie eine Idee zur Revitalisierung des Gewerbes entwickelt.

»Anstatt unsere mächtigen Betten leer stehen zu lassen, könnten wir dort doch auch jene Familien wohnen lassen, die seit Monaten am Redondo Beach campen, oder?« »Hm«, hatte der Eigentümer des Hotels geantwortet, ein ausnehmend schöner, filigraner Mann, dessen Gesicht beträchtlich an Val Kilmer erinnerte. Es war nur weniger muskulös als das des Schauspielers. Jede zweite Person, die ihn kennenlernte, sagte ihm, dass man ihn sich gut als Kommissar in einem frühen Film Noir vorstellen könnte.

Jedenfalls war dieser vom Glück geküsste Mann kein Dummkopf und hatte schließlich Fran das »Go« für ihren Vorschlag gegeben. Fran bezweifelte, dass wohltätige Motive hinter dieser Großzügigkeit steckten. Irgendwer würde mit Sicherheit für die Übernachtungen jener Menschen, die dann in die meisten der Suiten und Doppelzimmer einzogen, bezahlen. Ein paar Langzeitmieter aus der obersten Etage Hollywoods gab es noch, aber die waren alle so links und viel beschäftigt, dass keine Spannungen zu erwarten waren.

Fran, die seit einer Weile zum engeren Kreis um Mayla zählte, hatte Golo ohne viel Aufsehen einen Job gegeben. Eine Dreißig-Stunden-Woche als Liftjunge im Austausch für ein Doppelzimmer in einem ikonischen Gebäude der Filmgeschichte plus Gratis-Mahlzeiten aus der Küche? Skinny Fries, Austern, vegane Burger, Pancakes, yummy? Golo war noch am selben Tag eingezogen. Natürlich auch unter dem Vorwand, dass dieses Haus mitsamt seinen Geistern aus der Vergangenheit einiges für sein Drehbuch hergeben würde. Ganz sicher hatte Billy Wilder hier eine Spur seiner Energie hinterlassen. Aber seit Golos Ankunft in Los Angeles hatte dessen Stimme irgendwie aufgehört, sich bei ihm zu melden.

Immer dann, wenn Golo an seinen Ambitionen zweifelte, lenkte er seine Gedanken schnellstmöglich in eine neue Richtung. Nein, nein. Er hatte sich schließlich dafür entschieden, nur noch von jetzt auf gleich zu leben, von Sekunde zu Sekunde. Und als Liftjunge für all diese Menschen aus El Salvador, Paraguay, Syrien, Gaza, Argentinien und Frankreich war das einfach. Alle, die er traf, hatten Redebedarf – und Golo liebte es, Fragen zu stellen. So geschah es häufig, dass er und seine Mitfahrenden minutenlang einen der drei Fahrstühle blockierten, um über Flucht, Ankunft und über das Kommende zu sprechen. Vielleicht hatte er in diesem Job seine wahre Bestimmung gefunden?

Sein Arbeitstag verstrich gemächlich, ohne besondere Vorkommnisse. Zunächst wurde Golo in den zwölften Stock gerufen. Die Familie Zidan bevorzugte es, rechtzeitig das Frühstücksbuffet aufzusuchen, um sich einen der Plätze direkt am Pool zu sichern. Rana und Remi, die Kinder von Fathia und Sami, konnten so ins frisch gechlorte Wasser springen, bevor sie ein paar vegane Pancakes mit Erdbeermarmelade aßen. Auf dem Weg zurück nach unten stieg zumeist Jazmín zu, eine argentinische Schriftstellerin, die ihr Tagwerk stets vor Sonnenaufgang begann und so zu dieser Uhrzeit bereits Feierabend hatte. Jazmín berichtete Golo und den Zidans, wie gut sie mit ihrem vierten Roman vorankam, sie könne ihr Glück kaum fassen. Schaffte sie es einmal nicht, etwas zu Papier zu bringen, sprach sie kein Wort, schaute zu Boden, und auch alle anderen schwiegen mitfühlend auf dem Weg zum Frühstück. Diese ersten Mitfahrenden waren ihm immer die liebsten.

Die meisten Hotelbewohner, ganz gleich welcher Nationalität, betraten jeden Tag beinahe exakt zur selben Zeit den Fahrstuhl, um ihr Hotelfrühstück zu sich zu nehmen. So ungefähr siebzig Prozent von ihnen hatten ein festes Frühstückslokal-Outfit, das sie nur minimal variierten und das sich manchmal drastisch von ihrer sonstigen Alltagskleidung unterschied. Das galt selbstverständlich nur für die Erwachsenen.

Um 16:30 Uhr endete die Frühschicht, die Golo am liebsten war. So konnte er ab dem frühen Abend auf der Hotelterrasse lesen, Obst essen und ab und zu in den Pool hüpfen. Das Grundstück verließ er nur selten.

Die angenehme Gleichförmigkeit der Tage unterbrach Golo nur dann, wenn Mayla abends den Sunset Tower besuchte. Feste Verabredungen mit ihr waren ein Ding der Unmöglichkeit. Sie verteidigte ihr alltägliches Leben mit einer beeindruckenden Vehemenz gegen derartige Verbindlichkeiten, und irgendwann hatte sich Golo diesem Charakterzug Maylas ergeben. Er verbrachte seine Abende so abwechslungslos, wie er es immer tat, wodurch sie wiederum stets wusste, wo sie ihn finden konnte. Mal kam sie einmal die Woche, manchmal zweimal, aber stets zur selben Zeit, um 20:00 Uhr. Und so war seine Freundschaft zu Mayla eine berechenbare Konstante in seinem Leben geworden.

Bis vor Kurzem war Mayla vor allem deshalb regelmäßig in den Sunset Tower gekommen, um mit Fran Palomas zu trinken. Am ersten Abend, nachdem Golo den einseitigen Arbeitsvertrag unterschrieben hatte und ins Hotel gezogen war, bestand seine einzige Interaktion mit ihr aus einem bemerkenswert neutralen Nicken. Als er sie eine Woche später wiedersah, wechselten sie immerhin ein paar Sätze miteinander. Und so hatten sie sich langsam, aber stetig aneinander herangetastet.

Heute trank Mayla nach ihrer Ankunft mit Fran ein Glas voll mit Eis, Tequila und Grapefruit-Limonade sowie einem Schuss Limettensaft. Ein Salzrand auf dem langen, schmalen Kristallglas konterkarierte subtil den sauren Grundgeschmack. Sie hatte es sich angewöhnt, im Anschluss auch Golo zu treffen, um noch ein wenig länger gemeinsam Getränke zu konsumieren. Oft schlürften sie Mojito – so auch heute. Meistens einen, selten zwei. Irgendwann vor Mitternacht verließen sie dann den Poolbereich und schritten stumm zum Fahrstuhl. Den bediente in den Abendstunden meist Ebru, die wie Golo von Berlin aus an die Westküste gekommen war.

»Hast du heute schon geschrieben?«, fragte sie Golo jetzt. Und wie jeden Abend antwortete dieser: »Ich brüte noch, ich brüte noch …«, woraufhin Ebru nickte und dabei ihren gesamten Oberkörper nach vorne und hinten wippen ließ. Als sie den Fahrstuhl verlassen hatten, sah Golo Mayla auf dem in Rot und Rosé gehaltenen Hotelgang in einem menschenhohen Spiegel. Erst jetzt, wo er ihr Profil in der Spiegelung betrachtete, registrierte er den Hut auf ihrem Kopf. Golo fühlte sich kurz, als hätte ihn ein Blitz getroffen. Er schauderte. Er hatte ein Déjà-vu. Dieser Hut. Eine Silhouette, offensichtlich an im ländlichen Texas manufakturierte Cowboyhüte angelehnt, der schwarze Stoff, die Patina, war es denn möglich? Nein, es konnte nicht sein.

»Hast du dir gemerkt, was dieser elfengleiche Mensch, wie hieß er noch, gesagt hat?«, fragte Mayla, als sie vor Golos Zimmertür standen. Er suchte in seinen Hosentaschen nach seiner Zimmerkarte. »Du meinst Alessio aus dem Penthouse? Der mit dem wallend schwarzen Haar?« Sie nickte. »Es war irgendwas mit der Zeit und den Mauern und Spuren, nicht?« »Hmhm.« Mayla konnte sich nicht erinnern.

Es fiel ihr erst wieder ein, als sie ihre Hände mit perfekt choreografierten, beinahe in Zeitlupe ausgeführten Bewegungen wusch, bevor sie Golo zu massieren begann. »Wisst ihr, was ich gerade denke, wo ich euch beide ansehe? Es kann eigentlich gar nicht sein, dass die Zeit so vergeht, wie der Kalender oder die Uhr versuchen, es uns vorzuschreiben. Findet ihr nicht auch? Ich sehe es jedenfalls so: Die einhundert Jahre Geschichte, die durch dieses Gebäude gezogen sind, und vielleicht sogar das, was auf diesem Hügel über Los Angeles geschah, bevor das alles kolonisiert wurde, für mich geschieht das alles genau jetzt! Also während wir hier sitzen. Manche nennen mich einen Nostalgiker, aber ich glaube nicht an Nostalgie. Die Menschen, die sind nicht weg. Ihre Spuren, du spürst sie doch. Also ihr spürt sie doch, oder?«

Sie wiederholte diese Sätze schließlich für Golo, während sie auf seinem Rücken saß. Im Hintergrund sang Paul McCartney: »Help me if you can, I'm feeling down. And I do appreciate you being round. Help me get my feet back on the ground. Won't you please help me?«

Golo blieb still. Mayla massierte seinen Rücken mit kreisenden Bewegungen. Ihre Hände griffen nicht zu fest zu. Anstatt den Stress, die Enge, die sich über die Jahre in Golos Rücken angestaut hatten, durch das Triggern von Schmerzpunkten zu lösen, ließ Mayla seine Muskeln Sanftheit empfangen. Ihre Abende endeten stets auf diese Weise. Mit dem Roten Album der Beatles und einer Massage zur Muskelentspannung, bei der Golo einschlief, bevor Mayla ihr Werk vollbracht hatte.

Wenn Mayla im Anschluss von ihm herabkletterte, fühlte sie sich ruhig und zufrieden. So fuhr sie dann den Sunset Tower hinab. Von Josh, der in den Nächten den nur noch selten in Anspruch genommenen Valet Service des Hotels managte, ließ sie sich ihr Elektrofahrrad bringen. Und dann radelte sie mit glänzenden Augen zurück nach »X«, um dort in einen tiefen, traumlosen Schlaf zu fallen.

Heute allerdings begann Mayla ihm Fragen zu stellen, während der Schlaf Golo langsam, aber sicher ummantelte. So fragte sie ihn zum Beispiel, ob es in seinem Leben eine signifikante andere Hälfte gegeben hatte, bevor er nach Los Angeles gekommen war.

»Weißt du, beinahe alle meine Gedanken, vor allem kurz bevor ich einschlafe, kreisen um mein vergangenes Selbst. Heute musste ich mich aber auch tagsüber schon mehrfach dabei ertappen, an die Vergangenheit zu denken und mein Jetzt zu hinterfragen. Wer hätte ich denn werden können, wenn ich nicht nach Los Angeles gekommen wäre? Ich weiß es nicht, Mayla. Manchmal erinnere ich mich sogar an einen Namen, ein Gesicht und eine Nähe, eine Nähe, die mir so vollkommen erscheint, dass das, was ich dort sehe, nur ein Traum sein kann. Aber genauso oft finde ich in mir einfach nur ein großes Nichts. Ergibt das Sinn?«

»Warum sollte dieses Gesicht nicht echt gewesen sein?«

»Wieso habe ich es verdient, mich so zu fühlen, wenn ich offensichtlich jemand bin, der diesen anderen Menschen so wenig schätzt, dass er offenbar lieber alleine in einem Hotel wohnt und dort gegen Kost und Logis einen Fahrstuhl bedient?«

»Ich denke, alle Menschen haben es verdient, sich geliebt zu fühlen. Findest du nicht?«

»I guess…«

»Was würdest du denn tun, wenn du erfahren würdest, dass diese Erinnerungen, von denen du sprichst, einer echten Person gelten? Würdest du zurückgehen, wohin auch immer das wäre? Würdest du nach ihr suchen?«

Golos Atmung ging jetzt deutlich langsamer. Sein Rücken und sein Bauch hatten sich entspannt. Nicht mehr lang, dann würden seine Augen folgen. Er sagte langsam, stockend:

»Man kann nicht zurück in der Zeit reisen, oder?«

Mayla räusperte sich, bevor sie ihm antwortete. »Willst du wissen, was ich glaube?«

»Du stellst mir so viele Fragen und ich dir so wenige.

Wenn ich aufwache, bereue ich das immer. Also, ja. Natürlich.«

»Ich bin mir sicher, dass diese Person, an die du denkst, real ist. Sie ist hier, ganz in der Nähe. Es ist gleich, ob sie ein, und das spreche ich in Anführungszeichen, Traum ist oder Realität – auch das denk dir bitte in Anführungszeichen.«

»Wie meinst du das?« Golo lachte leise.

»Für mich macht es keinen Unterschied. Entweder ist diese Person hier in dieser Stadt, denkt dasselbe wie du und fragt sich, ob es richtig war, dich ziehen zu lassen. Oder sie ist gewissermaßen ein Teil von dir, und du musst den Weg zu ihr quer durch deine Erinnerungen und Gedanken finden.«

Golo schwieg.

»Ich muss dir jetzt was sagen, was dir nicht gefällt, ja, Golo?«

»Ok.«

»Ich bin froh, dass ich dir in der Not helfen konnte, ich mochte dich von Anfang an …«

»Was willst du eigentlich von mir?«

Mayla spürte, dass das Gespräch Golo überforderte. Sie würde ihr Anliegen so sanft vortragen müssen wie möglich. Sie massierte Golos Steißbein. Von draußen drangen das Rauschen des Sunset Boulevard und das ewige Licht der Reklamen und der Laternen in das ansonsten nicht beleuchtete Hotelzimmer.

»Du hast da noch mehr in dir, Golo. Ich kann dir auch

nicht sagen, was es ist, aber du bist ein schöner Mensch, wirklich. Du solltest das nicht vor der Welt verstecken.«

Golos Augen waren schwer geworden. Ihm erschien ein Gesicht, obwohl seine Augen bereits geschlossen waren. Er glaubte, sich an ihren Namen zu erinnern. Er wollte ihn Mayla mitteilen. Aber es war zu spät.

Mayla stieg nun von Golo herab und ruhte noch einen Moment neben ihm. Ihr Blick wanderte zur Decke. So lag sie vielleicht fünf oder zehn Minuten da, bevor sie ihren Körper aufrichtete, nach ihrer Tasche griff und das Zimmer verließ, ohne Golo nochmals anzusehen. Wenn sie es schnell nach Hause schaffte, würde sie ausreichend Schlaf bekommen. West Hollywood lag still da. Hedi schlief bereits, Golo nun auch, und Mayla würde es ihnen bald gleichtun. Als sie gegangen war, lag ihr schwarzer Stetson-Hut noch auf dem Hocker vor dem Kleiderschrank. Sie würde ihn nicht vermissen.

Golo saß in einem dunklen Kinosaal. Er war sich nicht sicher, glaubte aber die opaken, selbstbewusst kulturell angeeigneten Ornamente des Chinese Theatres auf dem Hollywood Boulevard zu erkennen. Er bekam es mit der Angst zu tun, auch deshalb, weil er ganz allein in der Dunkelheit zu sein schien. Warum blieb die Leinwand dunkel, obwohl alle Lichter ausgeschaltet waren?

Es erhob sich ein röhrendes Surren, als würde die Lüftungsanlage eines alten Filmprojektors anlaufen, um auf Betriebstemperatur zu kommen. Im selben Moment, in dem in Golos Rücken ein zur Leinwand hin immer breiter werdendes Lichtfeld entstand – jemand hatte vergessen, einen Film einzulegen –, war er nicht mehr allein. Links neben ihm befand sich ein vermutlich knapp neunzigjähriger Mann, rechts von ihm eine Frau in seinem Alter.

Golo dachte: »Hedi?«, dann erkannte er sich selbst auf der Leinwand. Das Bild war gänzlich in Grautönen gehalten, und doch, auch wenn es nicht sein konnte, schließlich hatte er nie in seinem Leben geschauspielert, er war es. Und dann erkannte er in der Zelluloidprojektion auch die Person, von der er glaubte, dass sie auf den Namen Hedi hörte. In dem Film schien sie seine Frau zu spielen. Und dann befand sich Golo nicht mehr im Kinosaal. Als er an sich hinabsah, war alles an ihm schwarz-weiß. Plötzlich bekam er keine Luft mehr. Es war, als würde ihm jemand die Sauerstoffzufuhr abdrehen. Ihm wurde schwarz vor Augen.

Zweite Szene

West Hollywood

Hedi stand im Zentrum eines kleinen Dreiecks. Es bestand aus Bürgersteigen, einer Taco-Bude, einer einsamen, zwanzig Jahre alten Wüsten-Fächerpalme und einer hohen Werbetafel, mit der luxuriöse Lederwaren und Textilien angepriesen wurden. Die Fotografie auf dem typografisch minimalistischen Breitwand-Plakat mit viel Weißraum zeigte eine kleine Gruppe normattraktiver offenbar weiblicher Modelle, die auf Motorrädern durch eine Hotellobby rasten – den Autos auf dem Sunset Boulevard entgegen.

Als Hedi die Straße überquerte, bog ein kantiges, chromglänzendes Automobil in die Einfahrt des Hotels und rammte beinahe einen kleinen Counter aus mit blutrotem Samt bezogenem Pressspan. Darauf lag eine Liste, gedruckt auf beigefarbenes, handgeschöpftes Papier aus der oberbayerischen Gemeinde Gmund am Tegernsee. Notiert waren hier die Namen jener, die aktuell die fünf Dutzend Zimmer, Suiten und Bungalows des Chateaus bewohnten – und die deshalb zu jeder Zeit die Lobbybar sowie den ganzjährig als Restaurant genutzten Garten des Hauses betreten durften. Auf einem zweiten Zettel hatte jemand handschriftlich die Namen der Lichtgestalten festgehalten, die an diesem geschäftigen Abend einen Tisch im Innenhof erhascht hatten. Es hatte sich in West Hollywood und den umliegenden Canyons und Hills herumgesprochen, dass Miley Cyrus heute in informeller kleiner Runde im Chateau ihren Geburtstag feiern würde.

Hinter dem Counter hatte sich Maude aufgebaut, die seit Jahrzehnten in dem Hotel angestellt war. Sie trug eine schwarze Perücke, dazu eine Brille aus dunkelblauem Acetat. Joan Didion und Maude hatten dasselbe Lieblingsmodell. Glaubte man dem Geflüster des hiesigen Stammpublikums, hatte Maude die übergroße Silhouette bereits getragen, bevor die Schriftstellerin sich erstmals in der Gesellschaft mit ihr zeigte. Überdies zierten sie einen verschlissener Blazer, die dazu passende Hose und braune Loafer florentinischer Herstellung. Als das Chromgefährt nur Zentimeter vor ihr stehen blieb, zeigte Maude keinerlei emotionale Regung. Der Fahrer des obszönen Dings ließ die Fenster herunter und rief sie zu sich. Maude legte den Kopf zur Seite. Ganz gleich, wer dieser Mann war, er würde aussteigen und ihr seinen Namen nennen müssen. Stand er auf ihrem Zettel, würde sie ihn streng, aber höflich im Chateau begrüßen. War dies nicht der Fall, würde sie ihn freundlich, aber bestimmt dazu auffordern, nicht weiter die Einfahrt zu blockieren und jemand anders mit seiner brachialen Aura zu belästigen. Maude beschloss, zunächst die hübsche junge Frau vorzulassen, die zu Fuß in die Einfahrt spaziert war.

Hedi trug ein bis an die Kniekehlen reichendes, floral gemustertes Kleid, mit Chuck Taylors an den Füßen und einer bernsteinfarbenen Sonnenbrille auf der Nase. Maude schenkte ihr ein mildes Lächeln. Entweder war diese Person, die hier ohne eigenes Auto und ohne Fahrdienst angekommen war, ein Fan oder eine junge Nachwuchsschauspielerin. Als sie sagte, sie sei auf Einladung von Billy gekommen, der Vorname genügte, nahm Maude ihre Brille ab, zog einen Schlüssel aus ihrer Hosentasche, drückte ihn Hedi in die Hand und sagte: »Sie kennen den Weg?« Hedi log: »Sure.« »Die Tischtennisplatte steht direkt neben dem Pool«, flüsterte Maude ihr nach.

Ihr Weg führte Hedi nun zu einer verschlossenen Holztür. Der Schlüssel passte. Hinter dem geöffneten Portal erstreckte sich leise wispernd der Garten des Hotels. Sie fand den Herrn Regisseur tatsächlich auf der Tischtennisplatte sitzend, die Beine in der Luft schaukelnd, als wäre er kein stark gealterter Mann, sondern ein kleiner Junge.

»Ein sehr schönes Blumenmuster«, sagte Billy zur Begrüßung zu Hedi. »Wir gehen direkt rein. Hier unten ist es so gruselig still, und wenn man schon ins Chateau kommt, dann sollte man auch zumindest ein paar Stars sehen, findest du nicht?« Mit zügigem Schritt wandelte er ihr voran, also auf direktem Wege zurück und dem Schloss entgegen. Hedi erhaschte nur einen kurzen Blick auf den stumm in der Dunkelheit liegenden Pool. Er kam ihr diffus bekannt vor. Als wäre sie darin schon einmal geschwommen.

Sie sah am Rande eines Schwimmbeckens eine einsame

Gestalt sitzen, einen Mann mittleren Alters in Badehose und weißem Hemd. Seine Füße baumelten kurz über dem Wasser. Hedi stellte sich den Mann aus irgendeinem Grund als einen deutschen Schriftsteller vor, der hier alleine hockte, um über das Land nachzudenken, dem er zumindest temporär entkommen war.

Billy zog sie davon. Er führte Hedi zurück zum Fahrstuhl. Dieser setzte sich ratternd in Bewegung. Billy nahm sich seinen weinroten Fedora vom Schopfe und lächelte sie herzallerliebst an. Dann ruckelte es kurz, und der Fahrstuhl blieb stehen.

Der Gang des Hotels war in ein schummriges Licht getaucht. Es roch nach schweren alten Teppichen, nach Holz, nach Jahrzehnten gut parfümierter Menschen und irgendwie auch ein wenig modrig. War das wohl ein von einem Pariser Parfümeur sorgfältig auf die DNA dieses altmodischen Hotels abgestimmter Raumduft? Oder verfügten diese Räume tatsächlich von Natur aus über ein solch historisch angereichertes Odeur? Und waren das überhaupt relevante Fragen, oder war es vielleicht letztlich ganz gleich, ob ein Raum tatsächlich den Muff der Geschichte enthielt oder diesen nur behauptete, solange er Hedi wahrhaftig etwas Echtes spüren ließ?

Die gespenstische Stille, aus der heraus all die popkulturell relevanten Ereignisse zu sprechen schienen, die diese beigefarbenen Wände, die braunen Teppiche, die elektrischen Kerzenleuchter gesehen haben mussten, wich einer disharmonischen Sinfonie aus menschlichen Stimmen, während Hedi und Billy der marineblau gestrichenen Tür am Ende des Ganges näher kamen.

»Ich muss Sie wirklich dringend etwas fragen. Können wir irgendwo kurz sprechen?«, fragte Hedi. Billy schaute sie gespielt angeekelt an. »Sollten wir nicht ins Du wechseln? Wir sind doch in Amerika.« »Natürlich, Billy.« Und dann hatte der auch schon die Tür geöffnet. Bevor er die Schwelle überschritt, erzählte er Hedi noch mit verschwörerischer Stimme, Duke Ellington habe, während er in schlaflosen Nächten diesen Gang auf und ab schritt, seine Jazz-Variationen von Edvard Griegs *Peer Gynt Suites* geschrieben. »Ganz ohne Papier, nur mithilfe seines brillanten Hirns.«

Auf der anderen Seite der Tür wurden Hedi und Billy von zwei Namenlosen empfangen, die Smokings meisterhaft auf ihre schmalen Körper geschnitten. Eine der beiden hatte Billy umarmt, ihm Hut und Jackett abgenommen und dann in Hedis Richtung ein »Hi, darling« gehaucht. Der Raum wirkte auf sie wie der Flur einer Wohnung aus den Vierzigern oder Fünfzigern, nicht wie das Vorzimmer einer Hotelsuite. Hier ein Kleiderschrank mit Art-nouveau-Anleihen, dort ein goldumrandeter, menschenhoher Spiegel. Am Ende des Gangs befand sich eine Flügeltür, hinter der offenbar eine Party stattfand, der Geräuschkulisse nach zu urteilen. »Wir akklimatisieren uns eben, du holst dir einen Drink, ich trink ja nicht mehr, und dann treffen wir uns dort, wo die Aussicht am atemberaubendsten ist, okay?« Und dann war er verschwunden.

Sie musste sich also auf eigene Faust in das vor ihr liegende Wohnzimmer wagen. Der opulent geschnittene Raum war mit Menschen vollgestellt, die aussahen, als hätte jemand ein Best-of der Modegeschichte des 20. Jahrhunderts kuratiert. Blumige Hemden mit übergroßen Kragen, weiße T-Shirts, die gerade einmal die Oberarme bedeckten, Original-Entwürfe von Gabrielle Chanel sowie von Hubert de Givenchy und Christian Dior, skulpturale Balenciaga-Kleider, New Look neben Old Look, Edel-Hobos neben Heroin-Chic, Smokings in Schnitten der Zwanziger, Vierziger, Fünfziger und Siebziger. Hedi fühlte sich underdressed.

Hinter dem Tresen arbeitete ein befrackter junger Mann daran, eine purpurn schimmernde Flüssigkeit aus einem Shaker in zwei Martinigläser abzuseihen. Alkohol würde Hedi dabei helfen, ihre angespannten Schultern zu lockern.

»Möchtest du auch einen?«, fragte Eusébio, der Barmann. »Und was machst du hier?« Das kam von dem Mann neben Hedi, er trug einen adretten Smoking, unverkennbar eine Maßanfertigung. »Gin Martini, ist das nach deinem Geschmack, Sidney?« Hedi hatte ihn sofort erkannt. »Sie haben mich sehr beeindruckt in ›In the Heat of the Night‹«, sagte sie, ohne darüber nachzudenken.

»Für gewöhnlich werde ich für ›A Raisin in the Sun‹ gelobt.«

»Ja, der ist auch beinahe ein Meisterwerk. Aber etwas anderes. Können Sie mir sagen, wo ich hier gelandet bin? Jeder hier ist berühmt?«

»Berühmtheit ist ein relatives Konzept, nicht?«

»Darf ich dir noch eine Frage stellen?«

»Aber natürlich.« Sidney Poitier hatte die drei Gin Martini bereits in seinen feinen Händen. Die Gläser gaben leichte Klirrlaute von sich.

»Warum bist du hier?«

»Weil die anderen Hotels in dieser scheinheiligen Stadt mich nicht einmal dann aufnehmen würden, wenn ich ihnen dafür meinen Oscar schenke. Vielleicht sollte ich ihnen anbieten, gratis bei ihnen zu singen ...«

Sidney verschwand. Hedi nahm ihren Gin Martini, warf Eusébio ein sanftes »Merci« zu und trug ihr Glas raus auf eine fast schon obszön große Dachterrasse.

Sie empfand zunächst den heftigen Wind, der vom Pazifik kommend über den Boulevard zog. Die Böe trug den bittersüßen Geruch des Meeres und einen hohen Sauerstoffgehalt mit sich. Hedis Gemüt klarte auf. Melancholie hatte sie begleitet, seit sie aufgewacht war, jetzt endlich kam die Heiterkeit. Es war doch alles komplett absurd. Was hatte Billy wohl gemeint, als er von einer atemberaubenden Aussicht sprach? Auch die Dachterrasse war voller wunderschöner Menschen, die in kleinen Trauben herumstanden, Partygespräche führten und sich an ihren Champagnerflöten oder Tumblern festhielten.

Von der weißgrauen Fassade aus bröckeligem Sandstein blickte Hedi auf die Straße herab und entdeckte dort eine obszön große Frauenstatue. Sie befand sich exakt, wo Hedis Abend begonnen hatte, also unten auf dem kleinen Beton-Dreieck vor dem Schloss, an jener Straßenecke, an der die

Marmont Lane in den Sunset Boulevard hineinstach. Wie konnte das sein? Diese aus Plastik und Kunstharz modellierte Statue hätte sie doch nie im Leben übersehen, als sie dort eben noch gewesen war. Ihre riesigen Brüste, den so wenig Haut wie möglich bedeckenden Badeanzug in den Farben des sternenbenetzten Banners und ihr kantenloses, symmetrisches Gesicht. Noch dazu war Mrs America mehrere Meter hoch und drehte sich langsam, aber stetig im Lichte eines Scheinwerfers. Und dann balancierte das leblose Sexobjekt zu allem Überfluss auf einer Messingmünze, die wiederum oberhalb eines mächtigen Schildes angebracht war, mit dem für ein Hotel namens Sahara geworben wurde. Das war doch alles nicht zu glauben.

»Die schönste Frau in Hollywood, findest du nicht?«, fragte Billy, nachdem er Hedi vorsichtig mit seiner Linken auf die Schulter getippt hatte. »Auch Gore Vidal gefiel sie sehr gut. Als er einst hier lebte, verfasste er von dieser Dame inspiriert einen ganzen Roman. Ein Klassiker. Als ich hier eingezogen bin, 1934, bestand mein Abendbrot regelmäßig aus einer Dose Campbell's Soup mit einer einzigen Scheibe Weißbrot.« Während Billys Vortrag hatte das Tal von Los Angeles begonnen, zauberhaft zu leuchten. Dennoch konnte Hedi nicht anders, als darüber nachzudenken, dass all das Land, welches vor ihr lag, einst der Wüste gehört hatte. Irgendwann, daran glaubte sie mit ihrem ganzen Herzen, würde diese sich all den Boden zurückerobern, und es würde sein, als hätte all das, was sie gerade sah, nie existiert.

»Los Angeles ist die vielleicht schönste Stadt der Welt,

wenn du sie in der Nacht und aus großer Entfernung betrachtest, oder? Aber sag doch, Hedi, was liegt dir auf dem Herzen? Warum wolltest du mit mir sprechen?« Billy nippte an seinem Getränk, offenbar ein Martini, und dann stellte er es auf der Balustrade ab.

»Es fällt mir schwer anzufangen. Neulich habe ich auf dem besetzten UCLA-Campus, ich weiß nicht, ob du von der dort gegründeten Kommune gehört hast, einen Schlag auf den Kopf bekommen. Seitdem rasen meine Gedanken unaufhörlich.«

»Und deshalb hast du mir vor meinem Büro aufgelauert? Wie soll ein alter Hollywoodmann dir bei einem Problem des Geistes helfen?«

»Also, es ist so. Bevor ich nach Los Angeles kam, lebte ich mit einem Mann zusammen am Viktoria-Luise-Platz, also in Berlin.«

»Kenn ich.«

»Ich weiß. Und dieser Mann, er heißt Golo, und er war ganz verliebt in Ihre Arbeit. Er wollte eine Geschichte schreiben, in der Sie die Hauptrolle spielten. Aber dann stritten wir uns. Jetzt bin ich hier und weiß nicht, wo Golo ist. Und plötzlich, seit diesem Schlag auf meinen Kopf oder seit ich den Palo-Santo-Rauch eingeatmet habe und Alice Coltrane höre, denke ich wieder ständig an ihn.«

»Das heißt, du vermisst ihn?«

»Ich denke schon. Aber er ist ja in Berlin, und ich bin hier, und das fühlt sich auch richtig an …«

In dem Moment, in dem Hedi nach den richtigen Worten suchte, um ihren Satz zu beenden, nahmen ihre Pupillen hinter Billy ein Funkeln wahr. »Mayla?« Sie war es tatsächlich. »Mayla, was machst du hier?« Sie trug einen Minirock eines Mailänder Luxuslabels an den Beinen, vermutlich ein Vintageteil, und ein Non-label-Tanktop ohne BH darunter. Während sie sich ihnen näherte, wirbelte eine Windböe ihre Haare durcheinander.

Mayla erklärte, es sei bei ihrer Stellung innerhalb ihrer Kommune unabdingbar, auf Veranstaltungen wie dieser um Spendengelder wohlhabender Entertainment Lawyers, Actors und Directors zu werben. Insbesondere in einem Setting wie diesem würden sie sich beinahe dazu genötigt fühlen, ihre Sache zu unterstützen. Immerhin waren die Gäste auf dieser exklusiven Party davon überzeugt, auf der guten Seite der Geschichte zu stehen. Ihre millionenschweren Bungalows im Laurel Canyon erzählten etwas anderes, aber Mayla war bereit, darüber hinwegzusehen.

»Also Appropriation zur Zerstörung des bestehenden Systems, oder so?«, mutmaßte Hedi. Dann fiel ihr Billy wieder ein. Hatte ihr Golo nicht irgendwann erzählt, dass die Wilders eine große Kunstsammlung besaßen, die Billy dann im Rentenalter sämtlich zur Auktionierung bei Sotheby's geschickt hatte? Wäre er somit nicht der ideale solvente Spender für Maylas »X«? Doch Billy Wilder hatte sich offenbar in Luft aufgelöst. Auch das war doch schon wieder völlig unmöglich. Andererseits galt dies vermutlich auch für die sonderbare Schönheit jener gesamten Nacht, in der ihr selbst eine grausige Obszönität von einer Frau, gegossen in Plastik, irgendwie Freude machte. Ob der Barmann ihr wohl irgendetwas in den Drink getan hatte?

Mayla legte ihren Arm um Hedis Schultern. Und dann schauten sie beide gemeinsam auf die Stadt. Der Horizont glitzerte so überbordend, als hätten sie die Erde längst hinter sich gelassen, als wären sie in ein schwarzes Loch geplumpst und auf der anderen Seite an einen Ort gelangt, der nur aus Licht und Schatten bestand. So standen sie dort, am Rande der Welt, und sagten kein Wort. Eine halbe Ewigkeit verging. Und dann sagte Mayla zu Hedi, dass alles gut werden würde. Alles würde geschehen, wie es geschehen sollte. Und Hedi beichtete Mayla, dass sie Golo in Berlin zurückgelassen habe und überhaupt, dass sie gar nicht wisse, wie sie hier in Los Angeles gelandet sei und wie es ihm seit ihrem Streit ergangen sei.

»Es wird alles gut werden«, wiederholte Mayla.

Plötzlich wurde die Umgebung der beiden Frauen in eine Kaskade aus blauem und rotem Licht getaucht. Und dann ging das Geschrei los. Sirenengeheul. Die Menschen auf der Dachterrasse fingen an, hektisch das Weite zu suchen. Hedi beobachtete, wie so viele von ihnen gleichzeitig zurück ins Innere der Suite gelangen wollen, dass eine der Glastüren in Millionen kleiner Scherben zerbarst. Als Hedi ein Dutzend gesichtslose Gestalten mit schwarzen Helmen, in schwarzen Westen und Hosen, mit kobaltgrauen Universal-Maschinenpistolen, hergestellt in Oberndorf am Neckar, erblickte, wurde ihr schwarz vor den Augen.

Dritte Szene

West Hollywood

Als sie wieder erwachte, sah Hedi Mayla schlafend, den Rücken an die Wand gelehnt. Ihr Kopf war ihr auf die linke Schulter gefallen. Hedi fühlte sich nicht gut. Ihr Magen war flau, der Mund ausgetrocknet, und sie ahnte bereits warum. Hedi hatte ein ausgeprägtes Geruchsvermögen, und das, was ihr in die Nase gestiegen war, gefiel ihr nicht. Ihr wurde schlecht, aber glücklicherweise schien sie bereits neben einer Badewanne zu kauern. Dann sah Hedi, dass sie sich offenbar bereits erbrochen hatte. Ihre trüben Augen hatten eine breiige Taco-Bohnen-Avocado-Tomaten-Masse ausgemacht, die in einer Pfütze aus Wasser schwamm. Die Badewanne war alt, der Abfluss nicht gemacht für unverdaute Nahrung. Glücklicherweise kam jetzt nur noch ein klein wenig Galle dazu. Hedis Magen war bereits leer.

Die eierschalenen Fliesen, teilweise abgeplatzt, der Seifenhalter, das kleine Fenster links über der Badewanne, hinter dem Hügel, Villen und Washingtonpalmen lagen. Sie kannte das alles aus einem Film. Vor Hedis innerem Auge war ein ultraklares Bild erschienen.

Sie sah Lady Gaga. Also eigentlich Ally Campana, ihre Figur im vierten Remake von *A Star is Born*, das 1937 von Dorothy Parker mitgeschrieben worden war. William A. Wellman hatte Regie geführt. Ein absoluter Schaumschläger von einem Mann, der im Ersten Weltkrieg als Pilot im Auftrag der französischen Luftwaffe gegen die Deutschen gekämpft hatte. Ein Jahr nach seiner Rückkehr war Wellman mit einer privaten Maschine abgestürzt. Zufällig direkt hinein in die Scheune von Douglas Fairbanks Senior. Der spätere Zorro-Darsteller hatte bereits während der Stummfilm-Ära gemeinsam mit Mary Pickford, Charlie Chaplin und auch D. W. Griffith die mächtige Produktionsfirma United Artists gegründet. Und weil Wellman seinen Scheunensturz nur leicht verletzt überlebte, bedeutete das größte Missgeschick seiner Fliegerlaufbahn den Beginn einer schillernden Hollywoodkarriere. Fairbanks, zu dieser Zeit auch weithin bekannt als der »König von Hollywood«, zeigte sich nämlich derart begeistert von Wellmans Charakter, dass er diesem in der Folge all die richtigen Türen öffnete.

Jedenfalls saß Ally Campana, eine Sängerin, gespielt von einer Sängerin, jetzt vor Hedi in der Badewanne, in der in jener Imagination natürlich keine Kotze mehr schwamm. Ihre Haare orange gefärbt und perfekt frisiert, ihr Oberteil bestehend aus schimmernden blauen und schwarzen Pailletten, ihr Rock ein Traum aus Polka Dots. Ally sagt: »This is so weird. I don't know who the hell I think I am.«

»Wir lieben Lady Gaga!«, sprach plötzlich die eben erwachte Mayla. Hedi kehrte aus ihrer Trance zurück in die sogenannte Realität. »Was?«

»Ich meinte: Wir lieben Lady Gaga!«

»Wie kommst du jetzt darauf?«

»Diese Szene, in der sie, kurz vor ihrer Wiedergeburt als Star, angezogen in einer Badewanne ruht, wurde echt genau hier gedreht.«

»Wo sind wir?«

»Ich kenne eine, die arbeitet im Chateau seit Jahrzehnten als Concierge. Und inmitten des Chaos, also als wir gestern Nacht alle flüchten mussten, die Feuertreppe runter, dann im dritten Stock wieder rein ins Hotel, stand sie auf einmal vor uns und gab uns die Schlüssel für Raum 29. Lieb, oder? Und dann fingst du kurz danach an, dich zu übergeben, und dann sind wir beide eingeschlafen. Ich hoffe, es ist okay, dass ich dir dabei die Hand gehalten habe. Möchtest du einen Kaffee?«

Eine halbe Stunde später war sich Hedi immer noch nicht sicher, ob sie noch träumte. Billy Wilder, Sidney Poitier, Mayla, Lady Gaga, Golo. Was zur Hölle? Sie saß inzwischen wie ein Schluck Wasser auf einem Holzstuhl. Glücklicherweise waren Schwindel und Übelkeit einer nüchternen Mattheit gewichen.

Mayla bereitete ihnen ein Porridge zu. Die Küche, in der sie arbeitete, erweckte den Eindruck, die Vierzigerjahre des 20. Jahrhunderts seien nie vergangen. Durch heruntergelassene Bambusrollos drang das Sonnenlicht in schmalen Streifen in den Essbereich der Suite. Es roch nach Haferschleim und Himbeeren und Ahornsirup sowie einer veralteten Klimaanlage. Es war unwahrscheinlich ruhig.

Hedi hatte inzwischen genug Kraft gesammelt für die Frage, die sie schon gestern Nacht auf den Lippen gehabt hatte. »Mayla?«

»Ja, Liebes?«

»Kannst du eine Minute lang aufhören, das Porridge zu verdicken?«

»Aber für dich: immer.«

»Und darf ich dich etwas fragen, ohne dass du mich dafür schief ansiehst? Es ist nämlich ein bisschen so, als würde ich dich fragen, ob du glaubst, dass Gott existiert oder so.«

»Aber natürlich existiert Gott, Liebes.«

»Das ist aber gar nicht … darum geht es mir gar nicht.«

»Okay.« Mayla rührte im Porridge. Hedi starrte auf ihre ungewöhnlich große Hand. Es war ihr bisher nie aufgefallen, dass Mayla so hünenhafte Hände hatte.

»Glaubst du, dass es ein Fehler war, nach Los Angeles zu gehen? »

»Ich glaube nicht, dass ich diese Frage beantworten kann, Hedi. Das musst du selbst herausfinden, oder?«

Sie schauten einander lange an, dann begannen sie endlich das vor ihnen dampfende Porridge zu essen. Es herrschte Stille in Room 29 – mit Ausnahme der Kaugeräusche. Als sie fertig waren, faltete Mayla ihre Hände zu einer Raute und legte sie vor sich auf den Tisch.

»Ich weiß, dass du überlegst, mit mir einen Film zu drehen.«

Es war eigentlich überhaupt nicht möglich, dass Mayla das wusste. Und doch überraschte es Hedi nicht. Sie war jetzt dazu bereit, sich auf alles, was vor ihr lag, vorbehaltlos einzulassen. Sie würde sich ihrem Schicksal ergeben.

»Und ich kann dir noch mehr erzählen. Nämlich, dass du vielleicht jetzt, aber vielleicht auch erst bald, eine große Entscheidung treffen musst, dein Leben gewissermaßen an eine seiner essenziellen Wegscheiden gelangen wird.«

»Ich bin verloren, Mayla. Was soll ich tun?«

»Ich bin nicht du.«

Maylas Augen wanderten zur Decke. Dachte sie nach, oder was sollte das? Hedi fühlte sich so nervös, und sie hatte keine Ahnung, was sie denken sollte. Empfand sie eine Nähe, eine geistige Verwandtschaft mit ihrem Gegenüber, oder ging Mayla ihr eigentlich über die Maßen auf die Nerven? Endlich durchbrach diese erneut die Stille.

»Die richtige Frage wäre wohl: Bist du bereit, deine Liebe für Golo deiner idealistischen Natur zu opfern? Oder wirst du lieber deinen Traum begraben, deine alte Haut ganz und gar aufzugeben, dich neu zu erfinden, und stattdessen mit ihm nach Berlin zurückkehren?«

»Warte, du kennst Golo? Ist er auch hier?«

»Darauf kann ich dir keine Antwort geben, bevor du dich entschieden hast.«

Hedi spürte hinter ihrer Stirn erneut Schwindel emporsteigen. Dann dachte sie an ihre Großmutter. Sie imaginierte Oma Hedi in einem Tagtraum als neblige Projektion und überlegte sich, was sie ihr wohl raten würde, wenn sie jetzt tatsächlich hier wäre. Ihr großes Vorbild, der Mensch, der ihr durch ihr konstantes Kämpfen gegen die Ungerechtigkeiten der Realität so viel ermöglicht hatte, der sie wohl mehr geprägt hatte als jeder andere. Vielleicht war es doch nicht unmöglich, ein positiver Faktor im Weltgeschehen zwischen Politik und Kunst zu sein – und dennoch eine eigene Familie zu gründen? Oder waren das unvereinbare Widersprüche, und musste sich Hedi entscheiden, ob ihr Herz so wie Maylas der politischen Sache gehörte oder ihrem Zuhause? Und dann begann ihre imaginäre Großmama wirklich mit ihr zu sprechen.

»Hedi, du darfst eines nicht vergessen. Ich hätte mein Leben nie so führen können, wie ich das tat, ohne deine Mutter, ohne den Gedanken an dich, meine Enkeltochter. Was sonst hätte mich davon abgehalten aufzugeben, wenn nicht die Menschen, die ich liebe? Ohne ein Zuhause, ohne eine selbst gewählte Familie ist es, glaube ich, ganz unmöglich, im Angesicht der scheinbar grenzenlosen Niedertracht der Menschheit nicht die Hoffnung zu verlieren. Und ohne die Gewissheit darüber, dass nicht alles furchtbar ist, wäre kein Kampf möglich, egal ob ein kleiner oder ein großer. Hedi, du musst dir in Wahrheit nur eine einzige Frage beantworten: Ist Golo jener Mensch, den du brauchst, um entscheiden zu können, welchen jener sich vor dir auffächernden Wege du bewandern möchtest – oder ist er derjenige, der diese Entscheidung unmöglich macht?«

Vierte Szene

West Hollywood

Er hatte sich gegen sechzehn Uhr, nach dem Ende seiner Schicht, hingelegt und nicht einschlafen können. Mittagsschlaf war nicht seine Sache. Jetzt kam der Hunger, und Golo beschloss, endlich das Lieblingsrestaurant Billy Wilders auszuprobieren. Vielleicht war sogar der feine Herr Chow selbst zugegen. Wenn die Geschichten stimmten, unterhielt Billy Wilder eine enge Freundschaft mit dem Chef seiner Stammküche. Seltsam, er hatte lange nicht an Wilder gedacht.

Golo bestellte sich ein elektrisiertes Auto. Erst als er sich anzog, entdeckte er Maylas Stetson. Sie musste ihn gestern Abend hier vergessen haben. Warum hatte sie den gestern aufgehabt, aber nie zuvor, als sie einander trafen? Golo griff nach dem speckigen Ding und beförderte ihn auf seinen Kopf. Er passte ihm. Vielleicht würde er den Hut für sie tragen, so lange, bis sie sich wiedersahen. Man hatte Golo schon oft gesagt, er habe ein Hutgesicht. Ohne sich noch mal im Spiegel zu begutachten, machte er sich auf den Weg. Er fühlte sich gut und schön und als würde der Rest des Tages etwas Besonderes für ihn bereithalten.

Ohne erkennbaren Grund nahm Golo diesmal nicht den Fahrstuhl. Wohlgestimmt hüpfte er die Treppen hinunter und sprang dann in das Auto einer Fahrerin namens Samantha. Sie war ein Jahr zuvor deshalb nach Los Angeles gezogen, weil alle ihre Lieblingsmusikerinnen früher oder später eine Los-Angeles-Phase gehabt hatten. Gerade hörte Samantha ein Album von Cass Elliot, jener großen Ikone kalifornischen Hippietums, die im nahen Laurel Canyon ein paar Jahre lang im Keller eines Mom & Pop Store gelebt hatte. Die Straßen schienen ihm an diesem Nachmittag ungewöhnlich leer zu sein, und sie waren im Nu in Beverly Hills. Mama Cass hatte gerade mal eine Handvoll Lieder gesungen, aber ihre Altstimme hatte nichtsdestotrotz Golos Gemüt ein wenig heruntergeregelt.

Nachdem er klaren Geistes aus Samanthas Limousine ausgestiegen war, blickte Golo auf ein unscheinbares eingeschossiges Backsteingebäude und pfiff dabei amateurhaft eine der soeben aufgeschnappten Melodien. Es war früher Abend und noch heiß. Über ihm bewegten sich die Blüten und Blätter einer Bunten Bauhinie stumm im Wind, als Golo das klimatisierte Lokal betrat. Er träumte von einer Portion handgefertigter Beijing Noodles in einer Schärfe, die einem die Lippen verbrannte. Laut Ebru gab es hier die besten Nudeln in ganz Südkalifornien.

»Ich grüße Sie! Haben Sie eine Reservierung?«

»Leider nein. Ich will nur eben eine Portion Nudeln essen und bin allein. Ist das möglich?«

»Aber sicher, Liebling. Thanh zeigt dir deinen Platz.«

»Mr Chow« hatte etwas von einer protestantischen Kirche, aber auch von einem Pariser Kaffeehaus, dem man die bräunliche Wärme entzogen hatte. Der Boden war mit schwarzen und weißen Kacheln überzogen, die Bestuhlung aus dunklem Holz. Nur die gestärkten weißen Tischtücher sowie die auf den Tischen verteilten Lilien hoben sich ab und harmonierten mit den akkurat sitzenden Küchen-Jacketts der Angestellten. Zu Golos Erstaunen waren all die Tische leer, bis auf einen am Ende des Saales. »Waren Sie schon mal bei Mr Chow?«, fragte Thanh.

»Nein.«

»Sie wissen, dass Sie erwartet werden?«

»Nein, Sie müssen mich verwechseln«, erwiderte Golo zögerlich und sah erneut zum einzig besetzten Tisch im Lokal hinüber. Der Mann und die Frau drehten ihre Köpfe in seine Richtung. Wie auf ein Kommando hin begannen Golos Hände zu zittern. Er blinzelte, einmal, zweimal. Es bestand nicht der geringste Zweifel.

Er wurde von Billy und Audrey Wilder erwartet. Er musste träumen, dabei fühlte sich dieser Moment so haptisch fassbar, so detailliert, so eindeutig an.

»Willst du dich nicht zu uns setzen?«, fragte Audrey, als sich Golo ihrem Tisch näherte.

»Wir diskutieren darüber, ob ich ein misogyner Künstler bin. Audrey meint, ja. Ich bin entrüstet«, befand Billy und fügte nach einer kunstvollen Pause hinzu:

»Was sagst du dazu, Golo?«

Thanh hatte den für Golo bestimmten Stuhl unter dem

Tisch hervorgezogen und signalisierte ihm, sich niederzulassen. Allmählich fand Golo seine Sprache wieder.

»Das können Sie nicht wissen, aber: Ich habe wirklich jeden einzelnen Ihrer Filme gesehen. Und die meisten sogar mehrfach.«

»Gott! Auch die schlechten?«

Golo räusperte sich. Er hatte Angst, das Gespräch bereits auf den falschen Pfad gelenkt zu haben.

»Also, was ich damit eigentlich sagen will, ist, dass ich nicht finde, dass Ihre Filme misogyn sind …«

»Aber du bist ja auch ein Mann. Apropos: Lass das doch mit dem Siezen. Wir sind hier in Los Angeles, Junge«, sagte Audrey. »Übrigens, schöner Hut. Aber willst du ihn nicht absetzen?«

Golo bedankte sich und legte den Stetson in seinen Schoß. »Ich hab ihn von einer Freundin ausgeliehen.«

»Thanh, bringst du uns Champagner?« Billy betrachtete ihn mit mildem Argwohn.

Woher kennt Billy Wilder meinen Namen, dachte Golo und sagte stattdessen etwas anderes. »Ich glaube, dass du, bitte entschuldige, es zumindest weniger verdient hast, misogyn genannt zu werden, als die meisten männlichen Regisseure, die im 20. Jahrhundert nach dir kamen. Ja, ab und zu stehen in deinen Drehbüchern durchaus hässliche Sprüche – auch über Frauen. Die würden heute nicht mehr durchgehen. Aber ich bin dennoch der Überzeugung, dass du einige bis heute unvergessliche und emotional komplexe Frauenfiguren geschrieben hast. Die durften so vieles sein.

Manchmal bezaubernd, ab und zu sexy, ja, manchmal aber auch böse, gemein, smart, depressiv, staatsmännisch, maskulin, bossy …«

Billy unterbrach Golo: »Bossy, das mag ich!«

»Billy, lass den Jungen doch reden. Ich muss sagen: Er hat einen Punkt. Guck dir Scorsese, Coppola, schau dir doch alle diese Siebziger-Typen an. Großartige Filme haben sie gemacht, aber ohne eine einzige Frau, an die man sich heute intensiv erinnert. Oder? Und danach? In den Achtzigern und Neunzigern wurde es doch irgendwie nur noch schlimmer, oder?«, sagte Audrey.

»Ja. Und klar: Einen Bechdel-Test würden deine Filme nicht bestehen. Sie sind eben doch Filme der Fünfziger. Kein Kunstwerk entkommt dem Diktat der Zeit, in der es entsteht. Und trotzdem: Deine Fähigkeit, moralisch komplexe Figuren zu schreiben, ist zweifellos alles andere als selektiv menschenfeindlich. Charaktere, die aufgrund ihrer Humanität zu unvergessbaren Personen werden, obwohl sie nie jenseits des Zelluloids existiert haben, das ist dir, finde ich, am besten mit deinen weiblichen Figuren gelungen.« Golo hatte jetzt Mut gefasst.

»Siehst du, Audrey. Ich wusste, dass es sich lohnen würde, Golo an unseren Tisch zu bitten. Gleich erklärt er uns sicher auch, was bitte schön ein Bechdel-Test ist.« Billy lächelte seine Ehefrau siegessicher an. Ihr schwarzes Fünfzigerjahre-Kostüm, das mit der Brosche, ließ sie aussehen, als wäre sie die First Lady der Vereinigten Staaten, fand er. Was ihn wiederum zu ihrem heimlichen Lover machte, denn

Präsident würde er nie werden in diesem Land, aus offensichtlichen Gründen.

»Weißt du, Golo, meine Beziehungen zu den Drehbuchautoren waren ja auch Liebesbeziehungen, nur ohne Sex. Heißt das also, dass ich nicht mal homophob bin? In den Fünfzigern war ich es bestimmt nicht, aber ob ich das wohl im 21. Jahrhundert immer noch wäre – I don't know. Ich glaub, was ich sagen möchte, ist…«

Audrey unterbrach ihren redseligen Mann. Sie legte ihre Hand in Billys Nacken. Der verstummte. »Golo, was willst du hier?«

»Ich hab gehört, hier gibt's die besten Nudeln im ganzen sogenannten Westen. Nein, das stimmt nicht. Eigentlich bin ich gekommen, weil ich weiß, dass du, Billy, mit dem Gastronomen dieser Örtlichkeit befreundet bist. Und, na ja, ich bin in Los Angeles, um ein Buch zu schreiben, das auf Ihrem Leben basiert, also Sie beide beinhaltet …«

»Nicht Sie…«, flüsterte Billy gespielt angenervt.

»Aber du bist bisher nicht sonderlich weit gekommen, oder?«, ergänzte Audrey.

»Nein. Ich habe noch nicht wirklich angefangen.«

»Nichts ist schlimmer als die leere Seite.« Billy räusperte sich.

»Sorry, dass ich hier einhake, aber: Ich nehme dir nicht ab, dass das alles ist. Was hast du auf dem Herzen, Junge?«

Die Ruhe, mit der Audrey diese Frage stellte, schloss Golo auf. Ein Schwall an Sätzen brach aus ihm heraus. Er holte aus, fing ganz am Anfang an, in seiner Kindheit, ließ keine Niederlage, keine tief empfundene Verunsicherung aus. Von dort raste er in einem atemlosen und ungebrochenen Monolog weiter in jene Zeit, als er als junger Erwachsener danach strebte, seine Jungfräulichkeit abzulegen. Erst als Hedis Name fiel, wurde Billy, der die meiste Zeit abwesend in die Leere des Raumes gestarrt hatte, hellhörig.

»Ich möchte sagen, dass ich es in Deutschland nicht mehr ausgehalten habe, dass ich gegangen bin, weil ich Angst davor hatte, dass diese Menschen den Weg ihrer Vorfahren bestreiten würden. Dass die Deutschen die in ihnen wohnende Angst vor Menschen, die in die Zukunft schauen, der mit dieser Minderheit verbundene Selbsthass, geschürt aus dem Wissen heraus, dass man es sich insgeheim immer noch wünschte, in jene Unmündigkeit zurückzukehren, die dem Geist und der Seele eine trügerische Friedlichkeit versprach, dass genau diese seit Generationen weitervererbte Unfähigkeit, die Vergangenheit abzuschütteln, dieses Volk erneut über jene Klippe stoßen würde, die das banale Böse in ihnen hervorrief. Aber selbst das wäre eine Lüge.« Golo machte eine Pause, und auch Billy und Audrey schwiegen, ließen ihn einen Schluck trinken, bevor er fortfuhr.

»Ich glaube, ich habe in diesen letzten Tagen und in Berlin viel mehr eine Angst erkannt, von der ich zuvor nichts gewusst hatte – oder wissen wollte. Ich fürchtete den Tod, ich dachte immerzu an ihn. An meinen, an den von Hedi, an den meiner Großmutter. Und dann sah ich auch noch, dass die Deutschen wieder Faschisten geworden waren. Und das alles war dann einfach mehr, als ich zu ertragen imstande war. Und dann …«

Golo war nun all seine Kraft abhandengekommen. Die Worte kamen nur schleppend aus seinem Mund. »Ich dachte, hier im Sonnenschein zwischen all den Hollywood-Ikonen, die ich so verehre, könnte ich mich befreien. Ich wollte fliehen vor meiner Todesangst, vor der Zukunft, vor der Welt, vor den Deutschen.« Golo nickte jetzt abgeschlagen, blickte ob seiner profanen Begründung wie ein begossener Pudel und ließ die Schultern hängen.

Billy ergriff das Wort. »Ich weiß ja, wie selbstmitleidig ihr seid. Gilt auch für Österreicher. Ich fürchte, dich enttäuschen zu müssen. Die Deutschen haben den Faschismus im Geiste nie ernsthaft bannen können. Sie haben ihn in ihr Unterbewusstsein geschoben. Aber nun habe ich dir erst mal eine Geschichte zu erzählen.«

Audrey bestellte bei Thanh eine Runde Martinis, indem sie seinen Arm berührte: »Schau bitte, dass eure Barkeeperin sie klassisch macht, ja? Nicht wie beim letzten Mal.«

»Niemand bereitet so gute Classic Martinis zu wie Audrey – vielleicht sind wir deshalb nach so vielen Jahrzehnten immer noch zusammen.« Billy lachte über sich selbst, wodurch seine Beine unterhalb des Tisches unkontrollierte Zuckungen ausführten. Sein Gehstock aus japanischer roter Eiche krachte auf den Boden. Akira Kurosawa hatte ihn als Geschenk aus Kyoto mitgebracht, als sie 1986 gemeinsam den Academy Award für Best Picture an *Jenseits von Afrika* übergeben durften. Billy ließ ihn liegen.

»Martinis gehören für mein Dafürhalten zu meinem Job dazu. Ob beim Schreiben oder in Drehpausen, in meiner Zeit hat man ein, zwei davon gerne und regelmäßig inhaliert, ohne gleich als kranker Mensch zu gelten. Und viel mehr als diese zwei Martinis hab ich auch nie getrunken, außer dieses eine Mal. Es war die zweiunddreißigste Oscarnacht, und ich war für *Some Like It Hot* nominiert, konnte aber nur verlieren, denn es war das *Ben Hur*-Jahr. Jedenfalls sind Audrey und ich deshalb gar nicht erst zur Verleihung gegangen, sondern auf eine Viewing Party bei irgendwem in den Hills, ich hab vergessen, bei wem. Woran ich mich aber gut erinnern kann, ist, dass ich Gott weiß wie viele …«

Audrey unterbrach ihn: »Dreizehn!«

»Also ich hatte zu viele Martinis getrunken und begann deshalb zu schwanken. Mein Sprachvermögen litt, und ich beschloss, mich auf einer der Toiletten der Villa zu verschanzen. Ich ging ohne ein Wort hoch ins erste Stockwerk und tappte dort durch einen leeren Gang, als sich vor mir eine Tür öffnete und ein junger Mann mit kurzen blonden Haaren und karierter Fliege austrat. Ich hatte den Abort also gefunden, wie es schien. Der junge Herr war sonderbar hübsch. Also wenn ich zu der Zeit nicht bereits mit Audrey – Gott bewahre. Jedenfalls sprach mich dieser Junge auf Deutsch an. Das war mir seit Jahren nicht passiert.«

Golo hing an Billys Lippen. Er hatte seinen Kopf in die Hände gelegt und registrierte nicht einmal, dass Thanh bereits in stummer Diskretion die Martinis auf dem Tisch platziert hatte. Golo erfuhr nun, dass sich der schöne Blonde als gebürtiger Berliner vorgestellt hatte, Sohn eines in Wien geborenen Juden. Früher war sein Name Mikhail, seit er in Amerika war, nannte man ihn Mike. Er wollte Filmregisseur werden, arbeitete aber vorübergehend gemeinsam mit seiner besten Freundin Elaine an einem Impro-Comedy-Programm. Wenn er irgendwann einmal nach Manhattan komme, müsse er, Billy, unbedingt das John Golden Theatre besuchen. An dieser Stelle machte Billy Wilder eine dramatische Pause.

Bevor er weitersprach, trank er die Hälfte seines Martinis in einem Schwung, was einen Hustenanfall nach sich zog, der das gesamte Personal von Mr Chow aufschrecken ließ. »Ich entschuldigte mich. Ich müsste jetzt mal wohin. Aber dieser Mike ließ mich nicht gehen. Er fragte mich, ob ich jemals darüber nachgedacht hatte, einen Film in Andenken an meine ermordeten Familienmitglieder zu machen. Er würde sich das wünschen. Einen großen Film über den Tod und die Deutschen. Als er das sagte, wurde mir so was von schlecht. Ich stürzte also nach vorne und der Badezimmertür entgegen und schaffte es gerade noch so, sie zu verschließen, bevor es sich über den türkisen Fliesenboden ergoss.«

Audrey bestellte die nächste Runde, dabei hatte Golo seinen Martini bisher nicht angerührt.

»Ich stehe jetzt kurz vor meinem Ende, wisst ihr?« Billys Stimme klang jetzt verwundert und traurig. Audrey griff nach seiner Hand, ihr Blick blieb entschlossen. »Und immer wieder denke ich an die Zeit zurück, die ich in diesem Badezimmer neben meinem Erbrochenen verbrachte. Etwas in mir wollte so einen Film machen, schon immer, aber ein anderer Teil meines Selbst hinderte mich daran – und ich gab diesem Partikel nach. Jetzt, wo ich sterbe, das weiß ich, das weiß Audrey, sogar mein Biograf weiß das, empfinde ich Reue. Ich sage dir, Gefühle der Reue sind beschissen – und unnötig. Du, Golo, bist aus Furcht vor deinen Ängsten, aus Angst vor dem Tod aus einem Leben ausgebrochen, das für mich ziemlich gut aussieht. Natürlich ist es richtig, sich weiterhin vor den Deutschen zu fürchten. Aber du hast den Menschen, den du liebst, allein gelassen, Golo. Meine einzige Erleichterung ist, dass du Hedi mehr brauchst als sie dich.«

Billy hob sein Martiniglas und gebot mit einem Blick in die Runde, dass Audrey und Golo es ihm gleichtun sollten. Sie führten die drei Gläser aneinander, es klirrte. Als er merkte, wie der Alkohol erst in seiner Kehle, dann in seinem Magen brannte, dachte Golo zum ersten Mal seit Minuten oder Stunden: nichts.

»Und deshalb«, Billy klang nun wieder jovial, »fahren wir jetzt zu Jumbo's Clown Room. Thanh? Bestellst du uns ein Taxi, mein Lieber?«

Fünfte Szene

Thai Town

Knarzend und langsam war eine verbeulte gelbe Limousine, ein japanisches Fabrikat, vor ihnen zum Stehen gekommen, ganz so, als wären sie in New York. Seit wann gab es Yellow Cabs in Los Angeles? Es schien nur Billy aufgefallen zu sein. Golo hingegen starrte elegisch ins Nichts. Und so genoss Billy schweigend ein letztes Mal die fantastische Vorstellung, die einem Los Angeles immer dann bot, wenn man es in einer lauen Nacht durchquerte. Dann war die Stadt plötzlich nicht mehr zu klein für all die Menschen, die privat motorisiert von A nach B gelangen mussten, sondern zu groß. Das Taxi verließ Beverly Hills in Richtung Norden. Es ging zurück zum Sunset Boulevard, dorthin, wo dieser sich an den Hügeln über der Stadt entlangschlängelt.

Als sie das still am Straßenrand schlummernde Chateau hinter sich gelassen hatten, ging es weiter Richtung Laurel Canyon Boulevard. Eine nächtliche Durchquerung des Canyons, das Jaulen eines Kojoten im Ohr, das hätte Billy schon schön gefunden. Aber stattdessen ging es für sie auf dem Hollywood Boulevard weiter. Es fiel Billy schwer, sich daran zu erinnern, wie es hier ausgesehen hatte, damals in den Dreißigern. Verschwommen sah er staubige Wege, frisch gepflanzte Palmenhaine und nur hier und dort ein Kino oder ein Filmstudio. Ihm war, als lägen mehrere Leben zwischen dieser Vergangenheit und dem Jetzt.

In einem Viertel, das erst seit ein paar Jahrzehnten Thai Town hieß, verließ das Taxi schließlich den Hollywood Boulevard und rollte auf einen Parkplatz. Die in den Rückspiegel gerichtete Melancholie verschwand aus Billys Geist. Sie wurde durch ein pulsierendes Puckern des Herzens ersetzt. Nein, er würde Golo nicht bitten, ihm aus dem Auto herauszuhelfen. Er wollte es aus eigener Kraft schaffen.

Eingepfercht zwischen einem Beauty Parlor, dem »Hollywood Pets«-Salon und einem Phat-Thai-Restaurant lag Jumbo's Clown Room leise vor ihnen. Das Schild mit dem Retro-Westernschrift-Logo darauf leuchtete, aber nichts sonst deutete darauf hin, dass hinter dieser weinrot angestrichenen Mauer eine Entscheidung auf Golo wartete. Billy schwieg. Golo schwieg. Dann wurden sie von einem untersetzten, kahlen Mann angesprochen, der ganz in Schwarz vor ihnen auf einem Hocker saß: »Ausweise?«

Billy vermisste Audrey, die sich mit der Begründung entschuldigt hatte, dass scharfes Essen ihr immer so schwer im Magen lag. Das erste Mal war er mit ihr hier gewesen, vor Gott weiß wie vielen Jahren. Sie befanden sich damals in der Dating Stage, und er hatte sich wegen seiner schrecklich großen Aufregung nicht auf das Gespräch konzentrieren können. Was für ein schönes Leben er gelebt hatte.

Der Gang zum Geldautomaten war das erste von mehreren Ritualen, die zu einem Besuch bei Jumbo's gehörten. Heute wollte er spendabel sein. Dreihundert Dollar würden genügen, nicht wahr? Ein paar Scheine mit dem Konterfei von Ulysses Simpson Grant schossen aus dem Automaten in seine zittrigen Hände. Er wusste nicht, warum dessen Visage ihm immer Angst einflößte. Aber er konnte mit Gewissheit sagen, dass kein Geld auf der Welt so lässig in der Hand lag wie Dollarnoten. Vermutlich verpufften sie deshalb so schnell.

Dem zweiten Teil des Rituals gemäß bestellte Billy Bier und Wodka. Mit den Hosentaschen voller Eindollarnoten und den Händen mit Gläsern beladen, suchte er Golo. Billy roch den Schweiß der Frauen und den der Männer, der sich mit Schnaps und Hopfen verband, und er vergaß, dass er ein alter Mann geworden war.

Es dauerte einen Moment, bis Golo das Lied identifizieren konnte. Als Bizzy D die spröde-schöne Zeile »Maybe we're just tryin too hard, when really, it's closer than it is too far« sang, fiel der Groschen. Es erinnerte Golo an harmlose Nachmittage auf alten Fahrrädern am Rande Berlins, dort, wo nur wenige Jahre zuvor die Scharfschützen der NVA eine seither verschwundene Grenze bewacht hatten.

Es war, als hätte er das Set eines David-Lynch-Films betreten. In einem Raum irgendwo zwischen Traum und Albtraum, zwischen Rot-Tönen und Dunkelheit, mit Clown-Figuren hinter der Bar über den Spirituosen, kahlen Betonmauern, einer Handvoll Stehtische und, alle Blicke auf sich ziehend, einer knallrot lackierten Bühne mit einer metallenen Stange, gespannt zwischen Decke und Boden, und einem vollverspiegelten Rücken. »Cause I'm in too deep, and I'm tryin to keep up above in my head, instead of going under«, sangen Sum 41.

Exakt in jener Sekunde, in der mit dieser Textzeile der Chorus eingeleitet wurde, betrat mit viel Elan eine Person in Pole Dance Heels mit Zwanzig-Zentimeter-Absätzen die Bühne. Ihre Schuhe bestanden aus durchsichtigem Acryl und gaben den Blick frei auf schwarz lackierte Fußnägel. Darüber lange muskulöse Beine in schwarzen Netzstrümpfen und ein semidurchsichtiger Seidenbody an einem kompakten Oberkörper. Das runde Gesicht der Tänzerin war ungeschminkt, ihre Haare meerjungfrauenfarben. Lana aus Inglewood tanzte seit vier Jahren in Jumbo's Clown Room. Sie beherrschte ihre Choreografie aus dem Effeff.

Lana umkreiste die Stange mit großen Schritten, dann griff sie danach, schleuderte ihren Körper durch die Luft und um die Stange herum, um sie schließlich am höchstmöglichen Punkt mit beiden Beinen zu umklammern, den Po der Crowd entgegengereckt. In jener Position hielt sie inne, und Golo, der immer noch mitten im Saal stand, konnte nicht anders, als ihn, also den Po, anzustarren.

Lana schoss besonders viel Adrenalin in den Kopf, immer dann, wenn sie kopfüber an der Stange hing. Sie wusste, dass jeder Zentimeter ihres Körpers begutachtet wurde. Und so sollte es sein. Eine gute Performance an der Stange war eine Mischung aus Akrobatik und Athletik, mit einer

Prise Kink, die als solche vom Publikum honoriert wurde. Natürlich besuchte man Jumbo's Clown Room auch deshalb, um Blicke in Richtungen wandern lassen zu können, die tagsüber nicht den gesellschaftlichen Konventionen entsprachen. Jetzt öffnete Lana ihre Beine zu einem Spagat und ließ die Absätze ihrer Heels, so schnell sie konnte, zweimal aufeinanderklatschen. Das Geräusch erinnerte an Peitschenhiebe. Dollarnoten flogen in Richtung ihres noch immer in der Luft schwebenden Hinterns.

Lana blieben noch sechzig Sekunden, bis zum letzten Akkord von »In too deep«. Mit dem nächsten Cue ließ sie sich aus einer Höhe von einem Meter fünfzig auf den kalten Boden fallen und kam dabei dem Publikum mit ihrem Gesicht ganz nah. Und sie fühlte sich sicher dabei. Sie hatte angefangen, bei Jumbo's zu tanzen, weil sie es hier nicht einmal erlebt hatte, dass Betrunkene versuchten, eine der Performerinnen zu berühren. Was sicher auch etwas damit zu tun hatte, dass der Laden bereits seit seiner Eröffnung als Burlesque-Bar angelegt war, die weiblich gelesene Personen im Publikum nicht nur akzeptierte, sondern zur Bedingung für einen gelungenen Abend machte. Und so war Jumbo's jetzt schon seit fünfzig Jahren ein Ort, der sich jeglicher Weiterentwicklung gegenüber verweigerte und der genau deshalb von versoffenen Bohemiens, Möchtegern-Sternchen und Drehbuchautorinnen leidenschaftlich und regelmäßig frequentiert wurde.

Dreißig Sekunden vor Ende des Tracks war Lana erneut im Spagat angekommen. Keine der Tänzerinnen im Clown

Room war so dehnbar wie sie. Sie hatte als Kind fünfzehn Jahre lang Ballettunterricht gehabt. Ein Dollarschein flatterte ihr ins Gesicht, der Boden war bedeckt mit Scheinen. So langsam sie konnte, stand Lana wieder auf, streckte dabei ihren Po extraweit in die Höhe und ließ ihren gesamten Körper dann erneut zweimal um die Stange sausen, bevor sie sich verbeugte und schließlich über den Boden robbend ihr Trinkgeld einsammelte. Als Nächstes war Missy dran. Lana fand, sie hatte gut vorgelegt.

Golo bekam einen Stapel Papier in die Hand gedrückt und löste seinen Blick von der Bühne. Billy stand direkt hinter ihm, eine Zigarette im Mund. »Bist du noch anwesend, ja?« Billy pustete ihm kringelförmigen Rauch ins Gesicht, »Komm mit.«

»Der einzige Sitzplatz, von dem aus du wirklich verstehst, warum das, was an diesem Ort passiert, nicht weniger spannend ist als ein Ballett von Pina Bausch, ist der direkt an der Bühnenkante. Hier, trink das.« Sie schütteten beide einen Aquavit in sich hinein und wanderten zur Seite der Bühne, wo, ganz am Rand, noch zwei Hocker frei waren.

Golo vernahm ein weiteres Lied aus seinen Teenagerjahren. »Toxicity« von System of a Down. Der Titelsong eines Albums, das gerade einmal eine Meile von hier entfernt aufgenommen worden war. Golo speicherte in seinem Langzeitgedächtnis eine Notiz ab. Sie beinhaltete zwei Rechercheaufträge: »Checken, was Serj Tankian dieser Tage macht. Was denkt er über die aktuelle politische Weltlage?«

Und: »In Little Armenia Mantı essen gehen.« Dann ließ er die frisch empfangenen Dollarnoten durch seine Hände gleiten. Obwohl es nicht seine Scheine waren, fühlte er sich mit dem Bündel in seiner Hand irritierend mächtig.

Die Performerin in Blau bewegte sich in Zeitlupe durch einen Geldscheinregen. Billy grinste entrückt, während er ein, zwei, drei, vier Dollars durch die Luft segeln ließ. Golo machte es ihm nach, schüchtern und ohne die Kraft, die es brauchte, um den gewünschten Flattereffekt zu erzielen. Dann blieb sie, also die Zeit, ganz und gar stehen. Die Welt schien eingefroren, nur Serj sang weiter: »Somewhere, between the sacred silence and sleep, disorder, disorder, disorder.«

Sechste Szene

Thai Town

»Willst du mich in einen Stripschuppen schleppen, Mayla?«

Sie standen auf dem Parkplatz vor Jumbo's Clown Room, einen halben Joint, den Mayla aus der vorderen Tasche ihrer Levis gekramt hatte, zwischen sich kreisen lassend.

»Kein Stripclub. Aber ein sicherer Hafen zu jeder Zeit. Ein Ort zum Verschwinden.«

Als Hedi die Schwelle überquerte, fühlte sie eine unbequeme Enge in ihrer Brust. Sie wurde kurzatmig, versuchte, sich auf ihre Atmung zu konzentrieren, ohne Erfolg. Ein kurzes Kratzen am rechten Ohr. Hedi hörte, wie ihr Herz das Blut mit Höchstgeschwindigkeit durch ihren Körper rauschen ließ, und erblickte einen Raum voller Schatten, ohne dabei der Geräuschkulisse gewahr zu werden. Sie sah Mayla, wie sie voranging, Hedi, die sich so fühlte, als würde sie jeden Moment umkippen, hinter sich lassend.

Sie betrat einen Raum, der so schlecht beleuchtet war, dass seine konturlose Dunkelheit sie an die Verfilmung eines Underground-Comics aus den Achtzigern mit Keanu Reeves in der Hauptrolle erinnerte. Irgendwie fiel ihr der Titel nicht ein, aber es war vielleicht auch einerlei. Sie brauchte ein paar Minuten, bis sich ihre schwachen Augen an die spärliche Kneipenbeleuchtung gewöhnt hatten. Als es so weit war, nahm sie die fünfzehn, zwanzig Menschen, die, suchend nach ein wenig Zerstreuung, über den Raum verteilt saßen, nicht mehr nur als Schemen wahr.

Hinter einer Wolke aus Tabakrauch tauchte das Gesicht von Billy auf. Hedi schüttelte heftig den Kopf. Wie lange war es her, dass sie ihn zuletzt auf der Party im Chateau gesehen hatte? Sie war sich nicht sicher, glaubte aber, dass Billy sie hinter ihren Brillengläsern ebenfalls entdeckt hatte. Er stand auf. Er kam ihr entgegen. Er sagte etwas. Sie hörte es nicht, weil sie jetzt im Augenwinkel auch Golo entdeckte. Er schaute nicht zu ihr. Was sie in diesem Augenblick spürte? Keine Überraschung, nein, das war es nicht.

Und Golo? Seine Hände bewegten sich hin und wieder, um Dollarnoten auf die Bühne zu werfen. Die Augen folgten den Bewegungen der Tänzerinnen. Dennoch wirkte er abwesend. Er bemerkte nicht, wie Hedi ihm näher kam, ihn anstarrte und immer weiter anstarrte, bis sie sich schließlich direkt hinter ihm befand.

Sie drehte einen der Hocker am Bühnenrand zu sich, schob ihren Körper mit den Armen darüber, setzte sich zu Golo und legte dann ihre linke Hand auf seine Rechte, die einen kleinen Vorrat an Dollars umklammert hielt. Seine Haut fühlte sich so zart und haarig an wie beim ersten Mal.

Als er Hedis Berührung registrierte, wusste Golo sofort,

dass die weichen Finger, die gerade über seine rechte Hand strichen, Hedi gehörten. Er vernahm ihre Stimme, brüchig, weich, aber in derselben hellen Klangfarbe, in die er sich einst, in einer weit entfernten Erinnerung, verliebt hatte.

In diesem einen singulären Moment besann er sich gleichzeitig auf all das: die Wärme, die ersten Berührungen ihrer Hände, den ersten Kuss, den ersten Sex, die ersten gegenseitigen Versprechen – und Golo empfand sich als wahrhaft lebendig. Er verstand augenblicklich, dass er sich viel zu lange nicht mehr so gefühlt hatte. Dann hob er den Kopf und schaute zu Hedi hinüber.

Er trug denselben schwarzen Hut auf seinem Haupt, der Hedi damals in Berlin so aufgeregt hatte. Exakt das gleiche Modell, das auch Mayla besaß. Sie hatte keinen blassen Schimmer, warum sie den zugegebenermaßen etwas überkandidelten Kopfschmuck damals so schrecklich gefunden hatte. Eigentlich mochte sie ja den Humor, der in Golos modischer Geste steckte. Ein Berliner Großstadtjunge im Cowboyhut made in Texas, als wäre er Dylan auf großer Rolling-Thunder-Revue-Tour oder so was, das war schon ein bisschen witzig und mit Fantasie womöglich sexy.

Als sich ihre Blicke endlich trafen, wagte es Hedi, sich auf alles zu besinnen, was sie gedacht und getan hatte, seit sie nach Los Angeles gekommen war. Sie empfand Bedauern. Sie dachte darüber nach, ob sie verdient habe, was gerade geschah.

Golo fragte sich so etwas nicht. Er zerbrach sich stattdessen darüber den Kopf, was Hedi wohl gerade fühlte. Er versuchte in ihren Augen etwas zu erkennen, war sich aber nicht sicher, ob er dort Entschlossenheit, Angst, Wut oder doch etwas ganz anderes erblickte. Golos Blick wanderte von Hedis Augen über ihre Nase und zu ihrem Mund, der sanft zu zittern schien. Dann nahm er seine zweite Hand und legte sie auf die ihre. Hedi zog sich zurück, und Golo nahm seine Hände ebenfalls wieder an sich.

Hedi würde nicht weinen. Sie zerbrach sich darüber den Kopf, warum Golo nicht sprach, und dann auch darüber, warum sie selbst noch kein Wort herausgebracht hatte. Sie schaute an sich selbst herunter, während sie probierte, die richtigen Worte zu finden. Es fiel ihr schwer zu atmen. Sie wollte aufstehen, einfach um ihrem Körper zu beweisen, dass sie noch die Kontrolle über das, was mit ihr geschah, besaß, aber es gelang ihr nicht.

Golo wiederum wünschte sich, er könnte hier und jetzt in Tränen ausbrechen. Er dachte, es wäre die angemessenste Reaktion auf das, was er gerade fühlte. Aber es gelang ihm nicht. Er wollte Hedi zeigen, dass es ihm leidtat. Er wollte sie küssen. Er wollte ihr alles erzählen. Wenn er nur wüsste, was dieses »alles« war. Er wollte aufstehen und davonsprinten. Er wollte aufstehen, Hedis Hand nehmen und mit ihr zusammen in irgendeinen Pool springen. Und dann wusste er plötzlich, was er sagen würde.

Hedi hatte ihre Entscheidung getroffen. Sie schob Golos vornübergebeugten Oberkörper zurück in die Aufrechte. Dann berührte sie sein Gesicht. Sie spürte seinen Atem, erst auf ihrem Gesicht, dann auf ihren Lippen. Sie hielt den ihren an. Auch ihr Herz, dessen rhythmisches Schlagen sie zuvor deutlich vernommen hatte, schien für einen Augenblick zu stoppen. Dann schloss sich ihr Mund um Golos Oberlippe, und ihr Gehirn sorgte dafür, dass sie den Geschmack von Salzwasser empfand. Sie touchierte, während sie Golo küsste, den Stetson, der nun von Golos Kopf hinabglitt und im Dunkel des Fußbodens landete. Beide, Hedi und Golo, vergaßen ihn für immer. Und Hedi hörte leises Meeresrauschen und sanfte Wellen, die in Zeitlupe an einen steinigen Strand schwappten.

Siebte Szene

West Hollywood

Hedi blickte auf den Pool, der stumm vor ihr lag. Wie spät es wohl geworden war? Es war ihr beinahe zu ruhig, mit Ausnahme des Gesangs einer einzelnen Schopfwachtel nahm Hedi keine Geräusche wahr. Und sie war doch ein Großstadtkind, in konstanter Angst vor der Stille lebend, weil das Grundrauschen geschäftiger Menschen die Stimmen in ihr selbst leiser werden ließ. Wenn Hedi mal versucht hatte, sich aufs Land zurückzuziehen, um zur Ruhe zu kommen, kreative Arbeit zu leisten, war das stets gescheitert. Anstatt zur Ruhe zu kommen, war sie nervöser geworden. Unterdrückte Erinnerungen hatten sie eingeholt, umschlungen, niedergedrückt. Aus sogenannten Landpartien war sie stets als nervöses Wrack zurückgekehrt. Jetzt wäre ein guter Zeitpunkt für eine Zigarette.

Hedi lauschte. Selbst das »Ping« und das »Pong« der auf unschuldige Zelluloidkügelchen einprügelnden Tischtenniskellen war verstummt. Sie vernahm weder Jubelschreie noch Klagelaute, während sie auf das Wasser und das dahinterliegende Schloss starrte. Sie versuchte sich zu erinnern. Wie dunkel war es gewesen, als sie sich das letzte Mal ihrer Position in Welt und Zeit bewusst gewesen war, sich ihrer selbst versichert hatte?

Als sie Golo sah, herantänzelnd, einen Arm um Billy gelegt, entspannten sich ihre Gesichtszüge. »Und?«, fragte sie die beiden. Sie schienen betrunken, was Hedi daran festmachte, dass sie sich in Zeitlupe bewegten. »Billy, hast du verloren?« »Nein.« »Und Golo, hast du gewonnen?« »Ja.« »Und, was wünschst du dir als Gewinn?«, fragte Hedi. »Willst du uns bei der Suche nach einem, na ja, adäquaten Wunsch helfen? Wir sagen dir mal, was wir uns dachten, ja?«

Hedi sah von einem zum anderen, während die beiden Betrunkenen versuchten, ihr zu erläutern, was sich Golo in dieser gewiss einmaligen Situation wünschen müsse. Ihre Vorschläge teils hoffnungslos idealistisch, teils allzu pragmatisch und manchmal vollkommen egozentrisch. Und die scheinbar besten Vorschläge? Erschienen Hedi so unendlich hoch gegriffen, dass sie nicht glaubte, dass diese Wünsche je in Erfüllung gehen würden. Es war ja löblich, dass diese höhere Macht, die Golo Gott nannte, Billy etwas ironisch den »Heiligen Geist« und sie selbst, aus Mangel an besseren Ideen, »das große Etwas«, Golo die Chance zugesprochen hatte, etwas an der Welt zu verändern. »Braucht es nicht auch die Menschen, also die Zustimmung zumindest einer Mehrheit der Erdbevölkerung, ganz egal, wie mächtig irgendetwas ist?«

Sie richtete die Frage an niemand Bestimmtes. Die Worte blieben in der frischen Luft stehen, die den Anbruch des nächsten sonnigen Tages in Südkalifornien ankündigte.

Billy hatte seinen Hut abgenommen, um sich die kahle Kugel zu kratzen. Golo wollte seinen besten Retriever-Blick auflegen, um Hedi dazu zu bringen, sein Problem für sie zu lösen, als plötzlich Mayla zwischen ihnen stand. Sie hielt ein rundes Silbertablett in ihrer Linken und ein zweites in ihrer Rechten, darauf mehrere golden schimmernde Tequila-Shots. Sie trug ihre Dienstuniform. Ihre Augen wanderten von Hedi zu Golo, zu Billy, dann wieder zu Hedi. Diese bemerkte, dass Maylas rechtes Bein zitterte, wodurch der Schnaps-Nachschub gefährdet war. Also nahm Hedi ihr das Tablett aus der Hand. »Wer hat eigentlich beim Tischtennis gewonnen?«, fragte Mayla und blieb dann neben Billy und Golo stehen. Die drei bildeten einen Halbkreis um die sitzende Hedi.

»Oh, das wäre dann wohl ich.« Golo räusperte sich. »Aber ich habe keine Ahnung, was ich mit diesem Sieg machen soll. Ich weiß nicht, wie ich damit umgehen kann. Ist es denn ganz und gar abwegig, jemand zu sein, der nicht glaubt zu wissen, was ich anderen Gutes tun könnte? Ich meine, ich weiß doch nicht einmal, wie ich es mir selbst gut gehen lassen soll ...«

Er schaute auf. Mayla war verschwunden – so abrupt, wie sie gekommen war. Golo sah noch ihre Beine, kurz bevor sie hinter einer der Strelitzien verschwanden.

Billy drückte ihm ein Schnapsglas in die Hand. Aus Unachtsamkeit glitt Golo währenddessen das Tablett aus seiner

Hand. Als es auf dem Boden aufschlug, klirrte es blechern, und ein Eichhörnchen, das gerade an einer der Tischtennis-Kellen schnupperte, stob erschreckt davon. Billy gab auch Hedi ein Glas, sagte dann: »Cheers«, und exte den Schnaps, während Hedi zu Golo herübersah.

»Vielleicht möchte ich gar nicht, dass sich etwas verändert. Vielleicht will ich nur unser gemeinsames Leben zurück, Hedi. Auch wenn es bedeutet, in eine Existenz in Sorge zurückzukehren, gepaart mit dem manchmal zutiefst lähmenden Gefühl von Machtlosigkeit gegenüber den Verhältnissen. Aber eine Flucht aus der Realität, die ist doch letztlich eben auch nicht mehr als das. Dort, in der Realität, geschehen die Dinge, vor denen wir davonlaufen wollen, ja dennoch. Und demzufolge wäre das, was wir hier gerade machen, ja nicht nur ein Verleugnen unserer selbst, ein Davonlaufen vor der Verantwortung füreinander, sondern noch schlimmer. Wir würden uns der Welt entziehen, von der wir ein Teil sind. Und macht uns das nicht automatisch zu Mitschuldigen? Wir können nicht ändern, dass die Menschen grausam sind, es vielleicht immer waren. Aber können wir nicht zumindest dafür sorgen, dass es den Menschen in unserem Umkreis gut geht, indem wir aufeinander aufpassen?« Golo fühlte sich zum ersten Mal seit langer Zeit seiner selbst gewiss, so als wüsste er, wie das richtige Leben im falschen aussehen könnte.

»Aber heißt das im Umkehrschluss nicht, dass wir zurück nach Hause gehen müssen? Ins immergraue Deutschland?« Hedi klang erschöpft und fühlte sich auch so. »Golo, ging es dir nicht auch so, dass du hier in Los Angeles ganz anders durchatmen konntest?«

»Vielleicht zu Beginn. Aber nicht für lange.«

»Bedeutet das dann auch, dass wir die bleiben werden, die wir waren?«

»Ich bin auch hier immer der geblieben, der ich war, irgendwie. Nur eben ohne dich, also letztlich nur halb so gut, wie ich sein kann. War es denn bei dir anders?«

Die Angst war zurück in Golos Stimme. Was wäre, wenn Hedi sich gegen ihn, gegen ihr gemeinsames Leben entscheiden würde? Wenn sie ohne ihn besser dran wäre?

»Anfangs war es so. Ich fühlte mich frei von Ballast, frei davon, ich selbst sein zu müssen. Weil Golo, du weißt bestimmt, was ich meine, mit dir kann ich wirklich nur ich selbst sein.«

»Ist das denn allzu verkehrt? Immerhin liebe ich dieses Selbst.«

»Aber was ist, wenn ich dieses Ich nicht liebe?«

»Hedi. Ich weiß, dass ich dich mit meiner Zaghaftigkeit und Zögerlichkeit in der Vergangenheit manchmal zurückgehalten habe. Vielleicht habe ich Angst davor, dass du dich veränderst und dann erkennst, wie schwach ich wirklich bin.«

Sie waren einander langsam näher gekommen. Inzwischen berührten sich ihre Fingerspitzen. Billy beobachtete das sich ihm bietende Schauspiel in aller gebotenen Ruhe.

»Ich kann dir nicht versprechen, weniger Angst zu haben, Hedi. Aber ich möchte versuchen, dir trotzdem mehr

Mut zu machen. Mut, der Mensch zu sein, der du sein möchtest.«

»Weißt du, was ich irgendwann gemerkt habe, als ich mich so abenteuerlustig gefühlt habe wie lange nicht mehr? Dass ich gleichzeitig so einsam war wie noch nie. Vielleicht habe ich dann auch deshalb immer mehr an dich gedacht, weil du, selbst wenn du nur in meinen Gedanken verweilst, mich daran erinnerst, dass ich nicht allein bin.«

Golo fragte sich, ob das bedeutete, was er hoffte. »Also gehst du mit mir zurück nach Berlin?«

»Ist das denn möglich?« Beide schauten jetzt fragend Billy an. Der schien irritierend amüsiert von der Frage.

»Das kriegen wir hin.«

»Hedi, was willst du denn hier in meiner Welt? Das hier, das alles hier, das ist doch nicht real. Ich bin vor vielen, vielen Jahren, 2002, ausgerechnet an einem heißen Sommertag, an einer verdammten Lungenentzündung gestorben. Du benutzt mich nur. Wenn du möchtest, dann bleib hier. Und ganz ehrlich, ich könnte es verstehen. Ist ja schön hier. Aber all das hat seinen Preis. Du würdest nicht nur dein altes Leben aufgeben. Auch die Erinnerungen an die Menschen, die ein Teil davon waren, würden nach und nach verblassen. Hier, in der ewigen Sonne, gibt es nur die Gegenwart. Hedi, du musst dich entscheiden. Willst du für immer in diesem Paradies der Menschen des 20. Jahrhunderts unter langsam sterbenden, durch künstliche Bewässerung lebendig gehaltenen Palmen wandeln? Oder möchtest du zurück in eine, in deine Realität? Du hast die Wahl: Findest du einen Weg, mit den erschreckenden Ungewissheiten der Realität zu leben, ohne dich selbst dabei zu verraten, oder wirst du ein Teil dieser wahrlich prächtig ausstaffierten Illusion?«

Achte Szene
Mitte

Wolken aus Zuckerwatte zogen in pudrigen Schlieren über einen babyblauen Himmel, als ein Schwarm von hundert, wenn nicht zweihundert Schwalben Richtung Horizont aufbrach. Das Brandenburger Tor in der Totalen, darunter so wenig Leben auf dem Pariser Platz, dass die Stimmung ein wenig gespenstig schien. Der Tag war heiß gewesen, und die Menschen mieden das Zentrum der Stadt. Nur die Tauben – und ein paar Ratten – waren geblieben und verrichteten ihr ewig gleiches Tagwerk mit einer Verbissenheit, als wären sie dem Geheimnis des Lebens auf der Spur.

Die Dutzenden Menschen auf dem Platz vor dem Brandenburger Tor, auf der anderen Seite des großen Berliner Triumphbogens von Friedrich Wilhelm dem Zweiten, hatten anderes im Sinn. Manche von ihnen waren in muffige Lumpen gekleidet und schoben kleine Wägen mit gemischten Waren vor sich her. Andere trugen trotz der Wärme übergroße Militärmäntel aus dem Ersten Weltkrieg, um darunter Hehlerware zu verstecken. Es waren nur noch Minuten bis zum angesetzten Feierabend, die Konzentration hatte nachgelassen. So hörte es zunächst niemand, als der deutsche Kameraassistent des amerikanischen Kameramannes Charles Lang auf Deutsch »Und bitte« rief. Beim zweiten Mal schrie der Assistent, so laut er konnte, und das Gewusel auf dem Platz nahm zu, weil jetzt auch die vielen Extras, die die potenziellen Käuferinnen und Käufer zu spielen hatten, durch das Bild wuselten. Viele von ihnen trugen US-Uniformen.

Das kleine Team hinter jener in Berlin-Friedenau gefertigten Fünfunddreißig-Millimeter-Filmkamera, die einst der UFA und jetzt der US-amerikanischen Militärverwaltung Westberlins gehörte, filmte jedoch einen militärgrünen Jeep. Von der Straße des 17. Juni kommend, umkreiste er den Platz. Die kurze Szene diente dazu, die republikanische Kongressabgeordnete Phoebe Frost als pedantische Moralistin einzuführen. Als sie den illegalen Handel ums Brandenburger Tor entdeckt, entscheidet Frost, den Sittenverfall der Soldaten im Sündenpfuhl Berlin zu stoppen. Und so saß die Schauspielerin Jean Arthur, noch nicht ahnend, dass dieser Dreh in Berlin ihre schlimmsten Minderwertigkeitskomplexe befeuern würde, aufrecht auf dem Beifahrersitz des Jeeps. Sie spielte erst Erstaunen, dann Erschrecken, dann Entschlossenheit. Es war ihr erster Drehtag in Berlin.

Sie hatte die deutsche Kollegin, die in *A Foreign Affair* als ihre Gegenspielerin auftreten sollte, noch nicht getroffen. Es würde nicht lange dauern, bis sie Marlene Dietrich alias Ex-Nazi-Kollaborateurin Erika von Schlütow aus tiefster

Überzeugung hassen würde. Jean war sich absolut sicher, dass Kamera und Regie sie im Vergleich zur Dietrich benachteiligten. Sie hatte die Vermutung, dass der feine Herr Wilder die harten Gesichtslinien ihrer Kollegin ihrem rundlich-weichen Gesicht gegenüber bevorzugte.

»Das war natürlich kompletter Unsinn. Marlene hat einfach mehr mit mir geflirtet«, sagte Billy, als sie zu dritt direkt unter der Quadriga standen. »Das ist ein, zugegeben, schlechter Witz«, fügte er hinzu. »Über Marlene Dietrich macht man keine Witze. Es war nun mal die Figur der Nazi-Kollaborateurin, die nach dem Machtwechsel in Berlin sehr schnell zur US-Kapitalismus-Liebhaberin wird, die uns gebot, sie hintergründig und latent gefährlich in Szene zu setzen. Jean hingegen sollte eine typische Konservative spielen.« Billy strich sich mit der Hand über sein haarloses, faltiges Kinn. »Natürlich war Jean Arthur eine große Schauspielerin. Aber auch sie ist bereits tot. Wie kommt es eigentlich, dass ich beinahe jeden überlebt habe, mit dem ich in den Vierzigern und Fünfzigern zusammengearbeitet habe? Eine schreckliche Errungenschaft, findet ihr nicht?«

»Die meisten Leute in unserer Generation scheinen doch genau das anzustreben. Ihr Wunsch ist, ihre Zeitgenossinnen zu überleben. Aber zu unserer Verteidigung: Wir wissen es einfach nicht besser.« Hedi verzog ihr Gesicht zu einer verächtlich grinsenden Grimasse. Golo verlangsamte seine Schritte und blieb schließlich mitten auf dem Pariser Platz stehen. »Was meinst du damit?« Ein halbes Dutzend Tauben umringte das Trio. Die Vögel hatten gelernt, dass von drei Menschen immer mindestens einer ein Teilchen aus Weizenteig in der Hand hielt und dieses unachtsam genug verspeiste, um mindestens eine Taubenmahlzeit auf das Kopfsteinpflaster herabfallen zu lassen. Diesmal irrten sie.

»Es fing alles mit der Generation deiner Kinder an. Und wir, deren Enkel, sind darauf programmiert, immerzu und in allem nach Verbesserung zu streben. Als wären wir selbst künstlich hergestellte Intelligenzen in Körpern aus Fleisch und Blut und Knochenmark, darauf gepolt, immerzu nach der Optimierung des Selbst zu streben. Ganz gleich, ob durch das Konsumieren teurerer Smoothies, die Verwendung besserer Hautcremes, das Anbauen optimierter Superfoods, aber auch durchs Aufstellen optimierter Aktivitätenpläne, durchgeplanter Tagesabläufe – oder durch die ewige Suche nach einem besseren Partner. Selbst die notorisch Monogamen unter uns versuchen doch stetig mit Paartherapien das eigene Leben zu optimieren. Manchmal hab ich das Gefühl, dass das einzige Selbst-Destruktive, Unproduktive, was meine Generation zustande ist zu tun, das gedankenlose Scrollen und Wischen ist.« Wenn Hedi sich in Rage redete, besaß sie die Neigung, beinahe gebieterisch zu monologisieren, was ihr im Nachhinein stets schrecklich peinlich war. Sie biss sie sich auf die Unterlippe. »Hört mal zu, ihr zwei, hier vor unserer Nase liegt mein Hotel. Wollt ihr was trinken? Ich lad euch ein.« Sie waren vorm Hotel Adlon angelangt, in dem Billy für die Dauer des *A Foreign Affair*-Drehs residierte.

»Ich kann gar nicht so viel fressen, wie ich kotzen möchte«, sagte Billy mit monotoner Stimme, als sie alle drei in den flachen, aber dennoch einigermaßen gemütlichen Sesseln in der Lobby des Hotels Platz genommen hatten. Aus der Ferne drang nicht weiter beachtenswertes Klavierspiel zu ihnen herüber. Aus dem direkt vor ihnen liegenden Elefantenbrunnen tropfte Wasser.

Golo besah den Brunnen, welcher der Adlon-Familie von Yadavindra Singh, dem einstigen Maharadscha von Patiala, geschenkt worden war. Er entdeckte die Frösche und die Elefanten und die Vögel und dann die Kuppel, die in goldenem Licht erstrahlte. Und er dachte: So wie dieser Ort hier könnte, wenn nicht sogar müsste das Wartezimmer aussehen, in welchem entschieden wird, ob du in den Himmel kommst oder nicht.

Hedi trug für den Moment noch ein Gefühl der Irritation mit sich herum. Warum hatte Billy eben Max Liebermann zitiert? Der Berliner Maler hatte, wenn sie nicht irrte, 1933 am Pariser Platz gelebt. »Ja, die Hausnummer 7. Dort drüben.« Billy zeigte auf das Drehkreuz, durch welches man zur Straße des 17. Juni gelangte. Davor auf einem runden Tisch: eine beinahe obszön opulente Versammlung goldener Strelitzien. »Man sagt auch, Liebermann habe diesen Satz gesprochen, als ein Fackelzug der Nazis am Tag der Ernennung von Hitler zum Reichskanzler vor seinem Fenster vorbeizog. Ich erfuhr es damals erst, als ich am nächsten Vormittag in die Redaktion ging, glaube ich. Jedenfalls, von daher komme ich eigentlich hierauf, wollte ich immer unbedingt ein Buch über die Geschichte des Pariser Platzes schreiben. Jetzt glaube ich nicht mehr, dass ich das noch schaffen …«

»Entschuldigen Sie die Störung. Ich heiße Sie herzlich willkommen. Haben Sie gewählt?« Vor ihnen tauchte ein junger, gemütlich aussehender Herr in einem schwarzen Dreiteiler von der Stange auf. »Oh Verzeihung, Sie haben ja noch gar kein Menü. Einen Moment …«

»Warum hast du eigentlich nie ein Buch geschrieben?«, fragte Golo.

»Weil ich dann mehrere Jahre lang nicht an ein Set hätte gehen können. Und sicher auch, weil ich süchtig war nach dem Prozess des gemeinsamen Arbeitens an einem Drehbuch. Sich gegenseitig Punchlines zuwerfen, die Tage mit Iz und den von uns erdachten Figuren zu verbringen – das war immer absolut perfekt.«

»Und was wäre dabei rausgekommen, wenn Mr Diamond und du, wenn ihr zu zweit zur Abwechslung mal im Tandem einen Roman geschrieben hättet, wie Ilf und Petrow?«

Billy kniff die Augen zusammen und suchte dann in den Taschen seines Jacketts nach Tabak. Sie waren leer.

Als der Kellner die Menükarten brachte, bat er ihn um eine Zigarre, eine gute.

»Wie heißen Sie eigentlich, Kollege?«

»Charles.«

»Ein guter, altmodischer Name. Mein Charles, der ist leider auch schon tot.«

»Ich werde mich bemühen, Ihnen das Beste zu besorgen, was das Adlon hergibt, Monsieur Wilder.«

»Mille Grazie. Wo waren wir, Golo?«

»Bücher.«

»Ja, ich glaube nicht, dass das geklappt hätte. Wie in jeder guten Liebesbeziehung hatten Iz und ich Muster entwickelt, die aufzubrechen ein Risiko bedeutet hätte. Und den Mann zu verlieren, mit dem ich *The Apartment* geschrieben habe? Das hätte mir das Herz gebrochen. Und dann wiederum wäre ich so unbrauchbar gewesen – Audrey hätte mich früher oder später im Schlaf erwürgt. Und das wäre unserer Beziehung doch wirklich unwürdig gewesen.«

Charles hatte sich erneut vor Billy aufgebaut. In seiner Linken ruhte jetzt eine Streichholzschachtel, in der rechten eine Zigarre in einem tiefen Dunkelbraun, eine Oscuro von A.J. Fernandez. Auf dem Emblem prangte ein Logo. Engelsgleiche Menschen, die mit wehenden Fahnen eine tropische Insel betraten, hinter ihnen das Meer und ihre Flotte.

»Ah, das ist doch was. Danke, Charles.« Billy nahm die Zigarre in die Hand, während der Kellner einen goldenen Cutter aus seiner Jackentasche zog. Billy umschlang das Rauchwerk mit seinen Lippen, dann machte es »Cut«, und Charles entzündete ein Streichholz, um es Billy vor die Nase zu halten. Die Zigarre begann zu brennen, Billy zog an, Rauch stob davon, und es roch im Nu nach Holz und Zimt und Zartbitterschokolade. Hedi hustete, bevor sie ihre Stimme erhob.

»Aber warum der Pariser Platz? Ich habe mich hier mein Leben lang unwohl gefühlt, wenn ich hinterm Brandenburger Tor stand, zwischen all den Touris. Ist dieser Ort nicht genauso eine bedeutungslose Tapete für die Vorstellungswelten der Städtereisenden wie der Eiffelturm, das London Eye oder der Taj Mahal?« Hedi stellte fest, dass sie noch nie durch das Brandenburger Tor gelaufen war, und auch, dass sie sich mit der Geschichte ihrer sogenannten Heimatstadt immer seltsam unverbunden gefühlt hatte, als würde sie hier in Wirklichkeit nicht hingehören.

Manchmal hatte sie sich gewünscht, etwas zu spüren, wenn sie über den Ku'damm flanierte und an Marlene Dietrich dachte. Aber: Wenn sie es probierte, verwandelte sich Marlene wenig später immerzu in Männer mit militärischen Kurzhaarfrisuren in schneidigen Uniformen.

Sie konnte und sie wollte nicht verstehen, wie die Menschen, die aus den Kleinstädten nach Berlin zogen, zwischen all den in Messing gegossenen Stolpersteinen lebten, ohne sich jeden Tag an die monströse Vergangenheit dieser Stadt zu erinnern. Manchmal hatte sich Hedi gar gewünscht, Robert Oppenheimer hätte die erste Atombombe schon vor der Kapitulation Deutschlands fertiggestellt. Ob Präsident Truman diese dann wohl auf Berlin statt auf Hiroshima geworfen hätte?

»Da sind ja endlich unsere Martinis. Sag, Charles, hat der Barkeeper die Drinks auch wirklich so zubereitet, wie meine Frau sie macht? Also: zwei kräftige Schlucke Ketel One Wodka, dann acht, genau acht Tropfen Wermut von

Noilly Prat und dann noch ein paar Bitterstoffe nach Augenmaß?«

»Unsere Barkeeperin Marlene hat sich genauestens an Ihre Anweisungen gehalten, Monsieur Wilder. Bitte lassen Sie mich es wissen, wenn irgendetwas nicht zu ihrer vollsten Zufriedenheit sein sollte.«

»Danke, Charles. Wo waren wir? Golo?«

»Also, ich glaube, ich wollte gerade erzählen, dass ich ein Buch über Sie, ah, entschuldige, über dich schreiben will, Billy. Deshalb ging ich nach Los Angeles ...«

»Ich habe es schon gesagt: Braucht es wirklich noch ein Buch über Billy Wilder? Schon die von Herrn Karasek und Herrn Crowe, die kennst du sicher? Das ganze Gequatsche – unangenehm.«

»Ich hatte beim Lesen dieser Bücher das Gefühl, dass du genau dieses Unangenehme wiederum zu schätzen weißt. Also dieses: sich winden, winden und dann doch reden. Ich kann das verstehen. Gerade als Deutscher fühlt man sich doch beklommen dabei, die Aufmerksamkeit auf sich selbst zu lenken. Das sieht man auch unseren ›Stars‹ an, die sofort zurechtgestutzt werden, wenn sie mal etwas exaltiert und extravagant auftreten. Denk nur an Bill von Tokio Hotel.«

»Jetzt warte mal. Ich bin kein Deutscher, ich bin Amerikaner. Und als solcher liebe ich natürlich Bill. Eigentlich gefällt's mir ja, dass ihr hier die Kaulitz-Brüder vergrault habt und dass sie jetzt stattdessen bei uns in den Hills wohnen.«

»Wollen wir anstoßen?«, schlug Hedi vor, als sie bereits dazu ansetzte, ihren Martini zu exen. Der Drink brannte in ihrer Kehle. »Billy, du bist dann ja nochmals nach Wien, also vor dem Überfall der Deutschen auf Polen, oder? Du hast damals versucht, deine Mutter dazu zu bewegen, mit dir in die USA zu gehen, nicht? Sie war doch die Person, die in dir die Liebe für die USA weckte?«

»Ja ja, Buffalo Bill. Ihr kennt die Geschichte sicher?«

Golo nickte, Billy erzählte sie trotzdem.

»Meine Mutter, Gott habe sie selig, liebte Buffalo Bill und die Vereinigten Staaten von Amerika. Sie erzählte so oft davon, dass ihre beiden Söhne dort landen würden, aber sie selbst weigerte sich zu gehen, auch als ihre Kinder längst dort lebten. Warum? Das ist eine dieser Fragen, die ich mir bis heute nicht beantworten kann.«

»Und wann warst du das letzte Mal vor dem Krieg in Österreich? 1936?«, fragte Golo.

»Ja, irgendwie so. Aber da war nichts zu holen. Österreich war schrecklich geworden, meine Mama hatte einen neuen Mann gefunden – aber mit dem über den Atlantik schippern, das wollte sie nicht.«

»Also bist du ohne jedes Drama abgereist?«, fragte Hedi.

»Ja, das bin ich. Wisst ihr, ich war gerade Mitte dreißig und hatte kurz vor meiner Abreise den Auftrag bekommen, für Ernst Lubitsch eine Komödie zu schreiben – *Bluebeard's Eighth Wife*. Genau da … Als ich meine Mutter lange umarmt hatte, sie hatte mir einen zu feuchten Kuss auf die linke Wange gegeben, war ich die Stiege heruntergelaufen. Sie hatte mir zugewunken, ich war mir nicht sicher, ob sie in diesem Moment Tränen in den Augen hatte. Und genau da hatte ich die Idee, dass der Protagonist, ein exzentrischer Millionär, die Marotte kultiviert habe, die Schlafanzugjacken ohne die dazugehörige Hose zu kaufen, weil ich selbst in Berlin ja immer nur in Boxershorts und Schlafanzugjacke übernachtet hatte. Und diese Eigenheit würde es sein, die es ihm ermöglichte, jene adelige Französin kennenzulernen, die sich im Laufe des Films als die Liebe seines Lebens entpuppen sollte. Und weil ich weder Stift noch Papier bei mir trug, bin ich dann so schnell wie möglich zurück ins Hotel Sacher gerannt.« Billy schloss seine Augen.

Als Billy sie wieder ansah, erinnerte sich Hedi, während sie der einzelnen Träne folgte, die nun seine linke Wange herunterrollte, an *One, Two, Three*. Einer von Billys Filmen, den Golo mit ihr geschaut hatte. Vor einer gefühlten Ewigkeit. Dennoch dachte sie nun an die Figur des »Schlemmer«, und wie jener Mann den untertänigen Gehorsam der Deutschen par excellence verkörperte. Der Film zeigte es denkbar lustig: Immer, wenn Schlemmer eine Arbeitsanweisung erhielt, haute er seine Stiefelsohlen aneinander, als wäre er noch bei der SA. Ganz gleich, wie oft ihn sein US-amerikanischer Chef, ein notorisch untreuer Werber, darauf hinweist, es hilft alles nichts. Ganz gleich, wie viel Coca-Cola er trinkt, Schlemmer bleibt verdammt.

Billy und sein Drehbuchpartner Iz Diamond behaupteten mit ihrem Drehbuch, dass die Untertänigkeit der Deutschen auf direkte Weise mit ihrem Lügen über die eigene Verwicklung in die Shoah verknüpft war. Hedi wollte ihn danach fragen, wie er die Deutschen erlebt hatte, die er in den späten Vierzigern kennengelernt hatte, damals, als er 1945 nach Berlin gekommen war. Golo kam ihr zuvor.

»Wie hat es sich für dich angefühlt, dann ausgerechnet in Beverly Hills, in dieser Kommune erfolgreicher europäischer Geflüchteter, einem friedlichen Villenviertel zu erleben, was in Europa geschah?«

»Nach Pearl Harbor machte sich in Hollywood ein patriotischer Furor breit, der auch meine Freunde erfasste. Lubitsch, der große Lubitsch, patrouillierte einige Zeit lang nach Sonnenuntergang durch Beverly Hills. Pfeifend, rauchend und in einem in meiner Erinnerung rosafarbenen Cabriolet. Natürlich habe ich mich da sicher gefühlt, auch wenn es ausschließlich seine Aufgabe war, darauf zu achten, dass alle sich an die von oben verhängte Verdunkelungsverpflichtung halten. Man fürchtete ja, dass japanische Fliegerstaffeln als Nächstes die amerikanische Filmindustrie angreifen würden.«

Billy zog erst an seiner Zigarre und nahm sich dann den zweiten Martini vor. Es war still und spät geworden in Berlin. Das Klavier hatte offenbar Schichtende, und die anderen Hotelgäste waren in ihre Zimmer verschwunden. Das Wasser plätscherte weiter den Brunnen hinunter, das goldene Lobbylicht war leicht gedimmt.

»Als Hanuš mich bat, kurz nach meiner Ankunft in Berlin ins Theater am Nollendorfplatz zu kommen, war ich dennoch nicht vorbereitet – niemand wäre es gewesen, nicht? Er zeigte mir das Filmmaterial für *Die Todesmühlen*, sehr viel mehr als das, was letztlich in den Kinos gezeigt wurde.

Ich habe danach mein Leben lang nie über das geredet, was ich an diesem Nachmittag auf der Leinwand sah. Ich verließ das Kino, kam erst wieder, als es einen ersten Rohschnitt gab, und fuhr dann quer durch die Stadt, um die passende Person bei der Militärverwaltung zu finden, die wiederum mit der richtigen Person bei der Roten Armee sprechen würde, um schließlich Monate später herauszufinden, was ich bereits wusste: dass sie tot waren.« Auch der Brunnen war jetzt abgeschaltet. Der große Saal lag still da. Hedi und Golo hatten beide Angst, sich zu rühren, beziehungsweise vor dem Geräusch, das so eine Bewegung möglicherweise verursachen würde.

Hedi flüsterte beinahe, als sie sich traute, den Mund wieder zu öffnen. Dennoch hallten ihre Worte durch den gesamten Saal, als würden viele Hedis in diesem Moment dieselbe Frage stellen. »Aber wieso hast du in deine in Deutschland gedrehten Filme Figuren hineingeschrieben, die offenkundig eine Mitschuld daran tragen, dass deine Familie ermordet wurde? Und diese Figuren sind ja nicht die Monster, die sie eigentlich waren, sondern ...« Hedi suchte nach dem richtigen Wort – und fand es. »Ganz normale lächerliche Menschen, die sich ihrer Mitverantwortung für die Shoah offenkundig nie bewusst waren und es auch nie sein werden.«

Billy zuckte mit den Schultern und lächelte traurig. »Das erklärt sich von selbst, oder?«

Neunte Szene

Mitte

Hedi hörte ein Wummern. Sie sah sich in der Hotellobby um, konnte es aber nicht lokalisieren. Kam es aus ihr selbst? Sie schloss die Augen. Das Wummern wurde lauter und steigerte seine Frequenz. Immer weiter, immer weiter. Als sie die Augen wieder öffnete, fiel ein großes Stück Marmor von der Decke. Unter seinem Gewicht zerbarst eine vormals noble Polstercouch. Hedi hörte, wie sämtliches Glas hinter der Bar in Abermillionen Teile zersprang. Der gesamte Plafond des Gebäudes zerbröckelte, als befände sie sich in einem Tausende Jahre alten Tempel und als wäre sie Indiana Jones höchstpersönlich, der gerade irgendein christliches Heiligtum entwendet hat, damit die Nazis es nicht benutzen, um die Welt zu zerstören. Hedi wollte aufspringen, aber sie war nicht dazu in der Lage, die Beine zu bewegen. Also versuchte sie etwas zu sagen, aber ihr Mund blieb fest verschlossen.

Golo wiederum sah dasselbe. Er wollte Hedi umarmen. Wenn das hier das Ende war, dann würde er ganz nah bei ihr sein wollen. Aber auch seine Beine ließen ihn im Stich. Golo kannte das Motiv der Bewegungsunfähigkeit aus vergangenen Träumen. Hedi nicht. Als das Glas in der Kuppel über ihnen zersprang und sich über den Springbrunnen des Maharadschas ergoss, also ganz viele kleine und größere Scherben Hunderte Plumps- und Plomps-Geräusche verursachten, begann der Rest des Raumes zu verschwimmen. Hedi sah jetzt nur noch Golo und Billy scharf, nicht mal mehr ihren eigenen Körper vermochte sie anzuschauen. Billy lächelte. Er sah erst zu Hedi, dann zu Golo und sprach nur diesen einen letzten Satz: »See you soon.« Dann wurde alles unter den Trümmern des Hotel Adlon begraben.

Epilog

Schöneberg

(2027)

Hedis Kopf lag auf seiner Brust. Er musste es nicht sehen, um es zu wissen. Langsam öffnete Golo seine Augen, seinen Blick nach oben gerichtet. Er sah die Stuckrosette aus Polyurethan und die LED-Glühbirne, die daran baumelte, und bemerkte einen leichten Schwindel. Golos zentrale Muskeln in Hals und Nacken waren offenkundig völlig verspannt. Vermutlich blockierten diese gerade jene Nervenbahnen, die Golos Innenohr mit seinem Gehirn verbanden. Und daher der Drehschwindel.

Golo löste seine Augen von der Decke. Er bemerkte, dass Hedi ebenfalls wach war. Er sah ihre bernsteinfarbenen Pupillen. Sie schien ihn bereits seit einer Weile zu beobachten.

Hedi war bereits vor einiger Zeit schlagartig aus dem Schlaf gerissen worden, in Schweiß gebadet, mit trockenem Mund. Sie hatte die rechte Betthälfte, auf der normalerweise Golo schlief, verwaist vorgefunden. Wie spät es wohl war? Die Finsternis, die das gesamte Schlafzimmer einnahm, deutete darauf hin, dass der folgende Tag noch nicht begonnen haben konnte. Seit sie in einem Bett schliefen, hatte sich Hedi darauf verlassen können, den sanft rasselnden Atem Golos stets als Erstes zu hören, wenn sie aus einem ihrer Albträume erwachte. Er schlief fast immer durch, glaubte sie, auch wenn sie das natürlich nicht mit Gewissheit sagen konnte. Der Anblick seines ruhenden Antlitzes gab ihr stets ihren Frieden zurück, den sie brauchte, um ihr Bewusstsein erneut treiben zu lassen. Der Umstand, dass Golo nun nicht da war, versetzte sie in Unruhe.

Hedi war also auf stummen Sohlen in ihr gemeinsames Badezimmer gegangen, wo sie über ihr verschwitztes und blutiges Gesicht erschrak. Es war nicht viel Blut, aber sie musste sich im Schlaf einen Mitesser aufgekratzt und das aus ihr entwichene flüssige Gewebe anschließend mit beiden Händen verteilt haben, schließlich fanden sich Spuren des Vorgangs auch auf diesen. Sie wusch sich gründlich, bevor sie sich erneut im Spiegel ansah. Ihr eigenes Gesicht kam ihr fremd vor. Sie hatte die Augen geschlossen. Sie legte ihren Kopf in ihre Hände und atmete vor sich hin, als Hedi schließlich zwei sich miteinander unterhaltende Stimmen hörte. Sie schienen aus dem Wohnzimmer zu kommen.

Golo hatte schlafend auf ihrer tiefgrünen Samtcouch gelegen, den Kopf auf dem Polster, die Beine angewinkelt. Auf dem Fernseher flimmerte ein Schwarz-Weiß-Film. Drei Männer und eine Frau in einem Motorboot. Hedi kannte die Szene, natürlich kannte sie sie. Hedi beschloss, sich zu Golo zu legen und ihn nicht zu wecken. Sie hatte ihren Kopf so sanft sie konnte auf seine Brust gebettet, und trotzdem hatte er sofort begonnen, sich zu regen.

Als sich ihre Blicke trafen, zeigte der Fernseher gerade zwei Schauspieler in einem Close-up. Einer von ihnen war Jack Lemmon. Er riss sich seine Perücke, mit deren Hilfe er sich die vergangenen neunzig Minuten über vor seinen Verfolgern versteckt hatte, vom Kopf und wandte sich seinem Szenenpartner Joe E. Brown zu: »But you don't understand, Osgood, I'm a man.« Dieser erwiderte, ganz und gar unbeeindruckt: »Well, nobody's perfect.« Und während dieses so schlichte und genau deshalb so perfekte Ende von *Some Like It Hot* über Hedis und Golos LED-Fernsehgerät made in der chinesischen Provinz Shandong flimmerte, nickten sie beide zustimmend und blieben genau dort sitzen, wo sie waren, so lange, bis über den Dächern ihres Nachbarhauses eine strahlend helle Sonne aufging.

Hedi hielt sich an Golos linkem Arm fest und erspürte seinen Puls, der langsam und regelmäßig unter dessen Handgelenk puckerte. Golo wiederum ergriff die Fernbedienung und schaltete zurück ins serielle Fernsehen.

Sie sahen Flammen, nichts als Flammen. Die Kamera, die die Brände filmte, musste sich in einem Helikopter befinden. Sie erfasste ein Meer aus Rot, das eine Schneise in ein nobles Wohngebiet geschlagen hatte und sich in einem atemberaubenden Tempo vorankämpfte, um weitere Villen, dekorative Washingtonpalmen, Pools und Gartenhäuser in Besitz zu nehmen. Die Kommentatorin verkündete die Machtlosigkeit des Fire Departments. Die Stadtverwaltung habe alle Menschen in einem Radius von fünf Meilen strikt angewiesen, nach Süden zu fliehen.

Der Helikopter überflog einen Canyon. Unten auf der Straße identifizierten Hedi und Golo einzelne Autos, ein paar Meter über ihnen stand bereits die gesamte Kammlinie in Flammen. Das Laurel Fire, so die Moderatorin mit zitternden Stimmbändern, sei kurz davor, den Sunset Boulevard zu erreichen. Der Helikopter vollzog eine Drehung und hoverte dann direkt über der Straße. So gelang es der Kamera, ein Bild einzufangen, das in den folgenden Stunden durch die gesamte sogenannte zivilisierte Welt reisen würde. Noch viele Jahre später würde es einen entscheidenden Kipppunkt in der Geschichte markieren. Auch Hedis und Golos Leben würde sich nach dieser Nacht schon bald rapide ändern, und zwar auf ganz und gar unerwartete Weise. Sie sahen das Chateau Marmont auf dem Fernsehbildschirm und dachten beide völlig random und unweigerlich an die Tischtennisplatte und an die Eichhörnchen. Das von ihnen so unverhältnismäßig idealisierte Schlosshotel schien für den Augenblick unversehrt, doch dort, wo eigentlich der Horizont, wo eigentlich ein ewig babyblauer Himmel flimmern müsste, erblickten Hedi und Golo Rot, nichts als Rot, ein wenig Orange und unendlich viel tiefschwarzen Rauch.

Dank

Ich danke Zeynep, für immer meine erste Leserin und die Person, die mir den Mut gegeben hat, diesen Text zu schreiben.

Ich danke Marius, Paula, Edwin und Alfio, die (zum Glück) fast die Einzigen sind, die *Palo Santo* in einer der vielen rohen Versionen kennen.

Ich danke Miryam, ohne deren Geschmack und Beharrlichkeit aus diesem Rohstoff nicht der nun vorliegende Roman geworden wäre.

Ich danke allen bei Ullstein, die an meinen Text glauben – und ihn nun, wo dieses Buch existiert, in eure Hände legen.

Ich danke meiner gesamten Familie, aber insbesondere meinen Eltern und meiner Schwester. Ich hoffe, ihr habt eine gute Zeit beim Lesen (gehabt).

Für immer zu Dank verpflichtet bin ich auch Katharina und David (Korbinian forever) sowie allen Menschen, die *Das Wetter* und den Korbinian Verlag bis hierhin unterstützt haben.

Ich danke unseren beiden Hunden, Lewin und Clea.

Ich danke dir – also jeder einzelnen Person, die diesen Text liest und die von der Leseerfahrung anderen Menschen erzählt.

HDGDL.

Sascha Ehlert, Zürich, 21.02.2025

Wir verpflichten uns zu Nachhaltigkeit
• Papiere aus nachhaltiger Waldwirtschaft und anderen kontrollierten Quellen
• Druckfarben auf pflanzlicher Basis
• ullstein.de/nachhaltigkeit

Dieser Roman ist ein fiktionales Werk.
Die Handlung und alle handelnden Personen
sind frei erfunden. Jegliche Ähnlichkeit mit lebenden
oder realen Personen wären rein zufällig.

MIX
Papier
FSC FSC® C014496

claassen ist ein Verlag
der Ullstein Buchverlage GmbH
www.ullstein.de

ISBN 978-3-546-10111-0

1. Auflage 2025

Gesetzt aus der Arno
Satz: Pinkuin Satz und Datentechnik, Berlin
Druck und Bindearbeiten: GGP Media GmbH, Pößneck

GOOD GIRL ist ein ekstatisch wummerndes Loblied auf die verlorenen Intimitäten der Jugend

In alten Kellerhallen, in denen der Techno die noch von der Gewalt des letzten Jahrhunderts gezeichneten Wände zum Beben bringt, trifft die 19-jährige Nila auf Gleichgesinnte. Man legt die Lines, während man den Sozialismus predigt, und für Nila ist dieser dunkle Massenkörper der Ausweg aus dem Berliner Plattenbau, in dem wie sie nur Geflüchtete leben, wo die Toiletten von Silberfischen befallen und die Wände mit Hakenkreuzen beschmiert sind. Nur im Rausch entkommt sie der Erinnerung an die tote Mutter, einst große feministische Revolutionärin, heute nur noch ein letztes Aufblitzen in den Augen des lebensmüden Vaters. Für jeden, der sie fragt, ist ihre Familie griechisch, nicht afghanisch. Und dann lernt Nila den amerikanischen Schriftsteller Marlowe Woods kennen, der ihr, die immer schreiben wollte, eine Welt von Mäzenen und Festivals eröffnet. Marlowe teilt großzügig, doch schon bald folgen Gegenforderungen und Ansprüche, die die Grenzen des Erträglichen für Nila weit überschreiten.

Aria Aber

Good Girl

Roman

Aus dem Englischen von Aria Aber
Hardcover mit Schutzumschlag
Auch als E-Book erhältlich
www.ullstein.de

claassen